AF235632

aurora

mondmelodie 14.September 2019 - 14. April 2020

Bibliografische Information der Deutschen
Nationalbibliothek:
Die Deutsche Nationalbibliothek verzeichnet diese Publikation
in der Deutschen Nationalbibliografie; detaillierte
bibliografische Daten sind im Internet über http://dnb.dnb.de
abrufbar.

Herstellung und Verlag:
BoD –Books on Demand, Norders

ISBN 9783751949620

edgar a. wenzel

mondmelodie

I

fuchsköpfe

Vor einem alten Haus zu stehen und dessen Fassade, die gerade erst renoviert wurde, zu bewundern, ist mit Sicherheit schön, und ohne Frage nicht nur für Fotografen, Architektur- oder Kunststudenten, die vielleicht besonderes Augenmerk auf ein Relief oder verspielte Details am Dache des Hauses haben mögen, von großer Bedeutung und also interessant. Den Schlüssel aber zu besitzen, gilt es, den Schlüssel, der das frischgestrichene Tor zu öffnen befähigt ist und Einblick gewährt in die *Innereien*, vom *Unterbewusstsein*, den *Untertage-Kellergassen* bis hin zum *Gehirn-Gehäuse*, dem Dachboden und schließlich *Bewusstsein,* das zunehmend immer öfter einem Dachausbau weichen muss und also viele Häuser plötzlich förmlich kopflos in dieser Welt zurücklässt. Wagt man einen Blick über die die Ampel tragenden, von Haus zu Haus gespannten Kabeln und Drähte, so erblickt man sie ganz deutlich und unverblümt: geköpfte Hühner, die Seite an Seite, dicht beieinanderstehen und auf das Umfallen warten. Geköpfte Hühner mit aufgesteckten Fuchsköpfen.

Jedes Haus strahlt eine ganz eigene Atmosphäre aus. Diese muss freilich nicht immer positiv sein, klar, aber wer will dies auch behaupten? Etwas IST jedenfalls *vorhanden*, sprechen wir von Atmosphäre. Etwas, das spürbar ist, das unser Gemüt sofort in seinen Bann zieht. Etwas, das uns eben wohl fühlen lässt oder nicht, uns auf jeden Fall aber in seiner Hand hat, uns mitunter erdrücken mag, ohne zuzudrücken. Nicht anders ist es doch bei uns Menschen, oder? Ob alt oder jung, ob mit polierter Fassade, neuem "Anstrich" oder einer Fassade, die keinen Hehl aus ihrem Alter macht, ob tiefgründig oder ebenerdig...Tausende Vergleiche ließen sich hier ziehen...und doch käme stets derselbe Schluss: Wir fühlen uns wohl, und nämlich im ersten Moment der Begegnung, in einem Haus, bei einem Menschen.

Freilich gibt es viele Häuser wie Menschen, um vielleicht doch noch einen weiteren Vergleich anzustellen, mit endlos tiefen und langen Kellergängen. Manche werden vielleicht nie ergründet, andere wurden vorsorglich zugeschüttet und wieder andere brachen vielleicht durch, aufgrund eines Rohrbruchs austretendes Wasser in sich zusammen. Und nicht oft passiert es, dass eben ein Keller das darüber liegende Haus dadurch gänzlich zum Einsturz bringt und schließlich *umbringt*.

Häuser wie Menschen erleben in sich alle Facetten des Lebens. Leid und Kummer, Freude und Friede. Alle Jahreszeiten durchleben sie. Sie sind vorbereitet auf das Leben. Wie wir Menschen beispielsweise immerzu tagtäglich mit einer plötzlichen Todesnachricht rechnen müssen, erfüllt Häuser vielleicht der Gedanke an ein abstürzendes Flugzeug mit

8

Angst. Was uns aber wirklich unterscheidet...und da sind die Häuser im Vorteil: Häuser überleben uns Menschen zumeist. Jedoch...ist das wirklich immer ein Vorteil?

unsichtbar

Unser Freund, so er es für alle zumindest werden möge, lebt jedenfalls nicht in einem Fuchskopf, sondern im letzten Stock eines alten, gepflegten, vierstöckigen Hauses im italienischen Stil, mit der Hausnummer 6, auf Türnummer 14. Über seiner Wohnung ist der alte, leerstehende Dachboden. Ein Hühnerkopf also, den der Fuchs noch nicht abgerissen hat... Steigt man die dreizehn Stufen vom vierten Stock hinauf zur unverschlossenen Dachbodentüre und stößt diese mit einem leichten Ruck auf, so liegt einem eine einzigartige kleine Welt zu Füßen. Verstaubte hölzerne Balken, in Spinnenweben gekleidet sind da zu sehen. Hier und da knarrt der Boden, geht man darüber und es ist, je nach Jahreszeit, irgendwie immer zu heiß oder zu kalt dort oben und hat es geregnet, so tritt man auch schon mal in kleine Wasserlachen, denn das Dach ist nicht an allen Stellen dicht. Auch liegt der Skelettkopf eines Vogels dort und ist interessant anzusehen, denn der Knochenkopf, auf einem Bleistift gesteckt, dreht sich dann in alle Richtungen und auch das Unterkiefer löst sich nicht vom restlichen Schädelchen, sodass der Kopf beinahe lustig-makabre Züge bekommt, wird das Unterkiefer durch rasche Auf-und-Ab-Bewegungen des Bleistifts zum Klappern bewegt.

Und dann gibt es dieses kleine Fenster, das gar nicht so klein ist, wie es auf den ersten Blick erscheint, denn man kann, wenn vielleicht auch nur nach der Fastenzeit, aus ihm hinausklettern, auf das davorliegende, stellenweise ebene Dach. Von diesem Dach wie auch schon vom Blick aus dem Fenster der direkt darunterliegenden Wohnung Nathaniels liegt einem scheinbar die ganze Welt zu Füßen. Besonders schön und eindrucksvoll ist der Blick über die Dächer der Stadt in der Nacht, denn da geben tausende Lichter einander die Hand und werden zu einem überdimensionalen Lichterteppich verwoben. Wer einmal auf diesem Dach gesessen und über eben diese Dächer gesehen hat, wüsste, wovon Nathaniel spricht, wenn er etwa meint, auf diesem Lichterteppich davonzuschweben, über die Köpfe der Menschen, über die Dächer der Häuser, ja, über alle Geschichten derer. Doch Nathaniel hütet sich davor, von seiner kleinen, die große Welt überblickende Welt auch nur mit einem Wort zu sprechen. Ja, nicht einmal mit seinen engsten Freunden spricht er darüber. Und schon gar nicht mit seiner grauen, wuscheligen Katze Lana. Denn wüsste diese erst von besagtem Dachboden, geschweige denn vom Dachfenster, würden ihre ohnehin schon sehr großen Augen noch größer und sie würde vielleicht das Weite suchen und nie mehr zurückkehren. Denn, schnuppert man erst einmal Freiheit, wächst nach und nach das Tier Neugier in einem, bis es einem den Hals zuschnürt und man die nicht mehr so einfach hinunterschlucken kann wie einen grausigen Bissen kaltgewordenen Spinatknödels etwa. Nein, Lana dürfe nie mit Nathaniel hochgehen zum Dachboden, dürfe nie erfahren, dass es außerhalb der Wohnung eine andere Welt gäbe, dass dort die Welt überhaupt erst anfinge. Nathaniel befürchtet, seine Katze nie wieder zu sehen, würde sie erst einmal den Dachboden und das freiheitbietende Fenster darin entdecken. Als kleine Rechtfertigung für seine - ihm wohl bewusste Missetat - führt Nathaniel sich selbst gegenüber immer das Argument an, dass Haustiere gar nicht erlaubt wären im Haus, und Lana alleine deswegen schon "unsichtbar" bleiben müsse. Unsichtbar, wie auch er selbst, denn immerhin betritt auch er ein verbotenes, heißes Blechdach...

nathaniel

Ja, irgendwie ist er vielleicht alleine, unser Nathaniel. Freilich, er hat eben Lana, und auch Freunde, die er gelegentlich trifft, doch macht es ihm nichts aus, diese über Monate nicht zu sehen, was öfters schon vorgekommen ist, meist, weil er, Nathaniel, wieder *seine Zeit* für sich brauchte, was bedeutete, dass er sich förmlich (zu Lana) in seine Wohnung einschloss, um *alleine* zu sein, nachzudenken, und seiner Leidenschaft, der Fotografie nachzugehen. Tausende und abertausende Fotografien hat er auf diese Weise von Lana gemacht. Sie ist sein Modell, seine *Musekatze*, wie er sie stets zu nennen pflegt, haben sie wieder einmal stundenlang zusammengearbeitet.
Ja, Nathaniel hat große Erfolge zu verzeichnen mit seinen

11

Fotografien, hat bereits mehrere Ausstellungen in seinem *Viertel* veranstaltet und seine Bilder werden auch gerne und regelmäßig gekauft, sodass er vom Erwerb derer gut leben und es sich eben auch leisten kann, sich einmal für mehrere Wochen in seiner *Unterdachwohnung* einzusperren.

So sitzt unser Nathaniel oft stundenlang auf dem Dach, das er über das Dachbodenfenster erreicht, und verliert sich oftmals in Kleinigkeiten, wie etwa einem geschmückten Gesims oder dem verspielten Schmiedeeisenzaun eines Balkons des gegenüberliegenden Hauses. Die Sonnenuntergänge über der Stadt liebt Nathaniel und oft verweilt er die ganze Nacht auf dem Dach, nur um dem Sonnenaufgang entgegenzusehen. Die Tage werden so zur Nacht, in der er schläft, denn *blaue oder graue oder graublaue Himmel* interessieren ihn ebenso wenig wie *wolkenverhangene oder beinahe weiße, von der Sommersonne ausgebleichte.*

Nathaniels *Tag* beginnt meistens mit der Nacht. Wenn das Tageslicht sich der Schwärze ergeben muss, wenn der Tag (schluss)endlich der Nacht erliegt. Todeskämpfe spielen sich da ab, wenn die Sonne etwa mit letzten und allerletzten Strahlen aus ihrem Inneren versucht, den immer selbstbewusster werdenden Winterhimmel, der sich längst an die Nacht verkauft hat, zu erstechen. Ins Herz will sie der Winternacht stechen mit ihren Sonnenstrahlen, -ha! -, doch ein vereistes Herz ist stärker, lässt biegsame Sonnenstrahlen auf eiserner Oberfläche zerbrechen, wie rohe Spaghetti etwa, die in einem unachtsamen Moment gleich Mikado-Stäben zu

Boden fallen und dadurch unweigerlich an Genickbruch verenden.

Eisernes Herz. Vereistes Herz.
Einsames Herz. Vereinsamtes Herz.
Schlagendes Herz. Erschlagenes Herz.

Und dann zieht er auf, der Mond, stolz wie ein Sieger, umgarnt von ihn verehrenden Sternen, die ihn schweigsam bewundern. Der letzte Rauchfang ändert schnell seine Gesichtsfarbe, als hätte er vergessen, seine Hausaufgabe zu machen und versuchte nun schnell, von den anderen abzuschauen und die nicht erbrachte Leistung zu kopieren, ehe er entlarvt würde. War er also eben noch abendsonnenrötlich, so ist er nun blass, blau und kalt. War er vielleicht gerade noch besonders, so hat er sich nun auffällig unauffällig in die Reihe der Scheintoten gestellt. Scheintote Rauchfänge, von deren innerer Wärme nun so gar nichts mehr zu verspüren ist, werden sie erst einmal vom Frühmorgenherbstnebel liebkost.
Diese Momente des *naturgewollten Machtwechsels,* die Nathaniel seit jeher begeisterten und die er versuchte und versucht, mit seinem Fotoapparat festzuhalten, diese Momente, die vielleicht eine Minute oder eineinhalb dauern sind es, die ihn ausmachen, ja, existieren lassen schlussendlich. Ein Fotograf, so Nathaniel, darf niemals die Bewegung versäumen, muss stets ein Auge, oder besser noch beide offenhalten und jede Veränderung erkennen und mit seiner Kamera festhalten. *Nur, was sich bewegt, verändert, erzeugt Spannung und also Interesse.* Jedweder Prozess der

Veränderung ist es, der das menschliche Auge wirklich interessiert, wach-, ja, am Leben hält. Das Auge werde, so Nathaniel, schnell müde, müsse es sich längerfristig nicht anstrengen.

Was auch zu Nathaniels Besonderheiten zählt, ist sein absolutes Zahlengedächtnis, das ihm tatsächlich nach und nach sein Leben mehr und mehr verleidet. Handelt es sich um Telefonnummern oder Geburtstage, so kann es ja durchaus von Nutzen sein, nicht immer von einem Notizbuch oder Kalender abhängig zu sein, aber mühsam wird es dann, wenn keine Zahl, kein Datum, ja, keine Uhrzeit mehr unbeschwert davonkommt. So denkt Nathaniel beispielsweise, sieht er auf die Uhr, die 22:03 anzeigt, nicht daran, ins Bett zu gehen, Lana zu füttern oder gar die Musik leiser zu drehen, da es schon drei Minuten nach 22 Uhr ist und also Nachtruhe herrscht, sondern einzig daran, dass Goethe, *Johann Wolfgang von so was aber auch* am 22. März, an einem 22.03. also starb. Um 18:32 denkt er freilich an das Sterbejahr desselben. Nicht anders ist es beim Frühstück um 9:02, an dem natürlich zuerst einmal des Geburtstags Thomas Bernhards gedacht wird wie auch um 19:31 für einen Augenblick innegehalten wird, war 1931 doch das Geburtsjahr dessen. Und klar wird mittags um 12:02 eher Thomas Bernhards Todes am 12. Februar denn der gebackenen Zucchini gedacht.

Zahlengedächtnis also gut und schön, aber man kann es auch

übertreiben. Und Nathaniel selbst hasst es am meisten, nicht wie jeder normale Mensch am 8.12. den Feiertag im vorweihnachtlichen Stress zu genießen, sondern als erstes an Jim Morrisons Geburtstag und zugleich John Lennons Todestag denken zu müssen. Und dabei friert es ihn zu dieser Jahreszeit regelmäßig, weshalb es auch nicht verkehrt wäre, zuerst an den kochenden Tee zu denken, ehe man der Toten gedenkt, denn eine tote Seele verbrennt nicht mehr, Tee aber sehr wohl...

lana

Lana ist nicht, wie die anderen Katzen. Seit jeher ist sie irgendwie anders und auch stolz darauf. So liebt sie Gemüse, - ja! -, Gemüse, verachtet aus Rücksicht vor der Katze leise gespielte Musik, liebt Hunde und fürchtet sich vor Mäusen. Natürlich lässt sie ab und an ihren Herrn Futtergeber auch in ihrem Bett schlafen. Freilich darf dies aber nie zur Gewohnheit werden, weshalb Nathaniel Nächte und Nächte schon mal auf der Wohnzimmercouch oder zwischen den Wäscheständern im Bad zuzubringen hat. Schlafende Hunde sollte man bekanntlich nicht wecken, von schlafenden Katzen ist jedoch niemals die Rede. Und sie sind es immerhin, die Krallen haben und beispiellos zum Einsatz zu bringen imstande sind.
Lana ist Lana. Sie trägt nicht, wie andere Katzen, etwa eine Katzenleine (wie lächerlich!) und hat auch keine süße, liebe "Kollegin", die sich plötzlich ungefragt ins Geschehen

einmischt, und das noch *oberstupsnasenmäßig*. Nein, Lana ist eine stolze Einzelkatze, und liebt und lebt schließlich auch ihre Alleinherrschaft. Sie trägt die Krone auf ihrem Haupt, hält Zepter in der einen Pfote und die Welt in der anderen. Jedermann und *jederkatz* ist ihr untertan, niemand darf sie auch nur von der Seite ansprechen, schon gar nicht das Personal, Nathaniel also. Und natürlich trägt Lana auch keinen typischen, bedeutungslosen Katzennamen, wie etwa die Katzen im ersten Stock, die doch tatsächlich auf die Namen Minki und Mautzi hören. Die Herkunft alleine dürfe dafür doch keine Rechtfertigung sein. Gut, wer hätte schon Schuld daran, in der *tiefsten Oststeiermark* und noch dazu als Bauernhofkatze geboren und zu allem Überdruss von einer ebendort urlaubenden Stadtfamilie als *Steiermarksouvenier* in die große Stadt mitgenommen zu werden? Aber auf diese lächerlichen und beinahe demütigenden "Namen" zu hören, ... also dafür hingegen könne man sehr wohl verurteilt werden. Wo bleibt der Stolz, wo das Gespür für klingende Namen und wo überhaupt bleibt der gesunde Katzenverstand, auf einen menschengegebenen Namen zu hören!? Denn *sowieso und überhaupt*, als Katze sucht man sich den Namen doch bitte schon selbst aus!

Die einst noch namenlose Katze wurde eines Tages von Nathaniel in dessen Leben "aufgenommen", sollte eigentlich den Namen Luna tragen und tagelang war sie auch als solche angesprochen worden. Luna aber wollte nicht Luna sein, sondern strebte einen ganz anderen, wenn ihr damals auch selbst nicht bekannten Namen an. Vielleicht - nein, mit ziemlicher Sicherheit sogar - war es eine reine Stolz-Sache gewesen, weshalb Luna den Namen nicht so einfach akzeptieren wollte, denn eigentlich liebte sie den Namen und das Bild des von ihr geliebten Mondes dahinter. Der Name war klanghaft und konnte, sauber und melodisch ausgesprochen, durchaus verzaubern, gäbe es aber eben besagtes Problem nicht. Das Problem, dass er nun mal nicht von ihr selbst ausgesucht worden war, sondern von Nathaniel...

In einer lauen Sommernacht, es mag in etwa zwei Wochen nach Lunas Einzug in Nathaniels Dachwohnung gewesen sein, hatte das junge Kätzchen also auf Nathaniels Fauteuil gesessen, während dieser davor auf dem Boden kniete und vom vor ihm liegenden Teller sein Abendmahl, Camembert-Toast mit Currysauce, zu sich nahm. Drei Kerzen hatten im Wohnzimmer, etwas planlos verteilt aber dennoch Stimmung machend Platz gefunden. Kerzenlicht war und ist immer das Licht im Leben des Nathaniel. Kerzen- und Mondlicht. Indirektes Licht auf jeden Fall! An jenem Abend hatte Nathaniel also am Boden sitzend, im Lichtschein besagter dreier Kerzen gespeist, während Luna am Fauteuil saß und sanfte Klänge ihnen den musikalischen Teppich vor die Füße und Pfoten legte. Sphärische Klänge, eine im Hall unendlicher Weiten aufgelöste Stimme, geschwängert von satten, erdigen Basstönen. Das gemeinsame, daraus entstandene musikalische Kind hörte auf den Namen Lana del Rey.

17

Nathaniel konnte plötzlich ein beinahe zu aufdringliches Schnurren hinter sich verspüren, als Lana des Reys "Art Deco" erklang. Luna schmiegte sich an Nathaniel und schien beinahe mit dem Rhythmus des Liedes in Einklang zu schnurren. Nathaniel drückte spontan auf die Stopp-Taste, um Lunas Reaktion zu testen. Und tatsächlich, kein Laut, kein Maunzen, kein Raunzen, kein Knurren, kein Schnurren....Luna starrte Nathaniel lediglich fordernd mit ihren überdimensional großen Augen an, bis dieser wieder die Taste auf der Fernbedienung betätigte, Lana del Rey weitersang, Luna weiterschnurrte und schließlich Lana hieß.

laura

Es war der Abend des dreizehnten Junis. Ein lauer, beinahe etwas für diese Jahreszeit zu kühler Frühlingsabend, wie Nathaniel dachte, als er wieder einmal auf dem Dach saß. Da es sein, wie bereits erwähnt, flaches Dach war, konnten eine Kerze, eine Flasche Wein und ein Weinglas darauf auch problemlos neben Nathaniel Platz nehmen. Und ein kleiner Lautsprecher gesellte sich in jener Nacht dazu. Heimlich, still und leise...würde man vermuten, jedoch war genau das Gegenteil der Fall gewesen. Denn ein Lautsprecher möchte dann und wann dann auch schon auch mal seines Namens gerecht werden und eben gern auch mal *laut sprechen* dürfen. Lana del Rey "sprach" aus ihm, und Nathaniel saß daneben, ein Glas halbsüßen Rotweins in der linken, einen Schal in der rechten Hand. Da waren sie wieder, diese süßverrauchten Töne, die in Nathaniels Innerstes hallten.

Wo sie wohl nun in diesem Augenblick sein mochte?... seine über alles und dadurch wohl zu Tode geliebte Laura? Seine Laura, von dem ihm materiell tatsächlich nur dieser grau-schwarz-gestreifte Schal blieb, der viel zu warm für die Übergangszeit und ganz sicher zu kalt für kalte Wintertage war. Seine Laura, die einen, wenn auch derzeit noch befristeten Mietvertrag für eine Wohnung in Nathaniels Herzenshaus hatte und wohl vom Recht, selbige auch eines Tages, bei *guter Führung*, auch unbefristet besitzen zu dürfen, Gebrauch machen wollen dürfte.

Laura hatte mit Sicherheit *jetzt schon* also einen Teil Nathaniels Lebenshauses ins Auge gefasst, und Nathaniel konnte nur noch hoffen, dass Laura es nicht eines Tages auch auf den *Dachboden* abgesehen haben würde, ihn niederreißen und anstelle dessen einen Dachausbau plane, ihm, Nathaniel also einen Fuchskopf aufsetzen würde.

Nathaniel, Teilhaber (bestenfalls) seiner selbst, seiner Gefühle, schließlich seines Lebens...

Lichter, und ich spreche nicht von LICHT, nein, Lichter faszinierten und faszinieren Nathaniel seit jeher. Lichter, die also nur im Zusammenspiel wirken, die aber auch selbst dann noch kein Licht abzugeben fähig sind, aber die in Summe und nur darin etwas zu bewirken imstande sind. So erzeugen sie Stimmungen, bewirken Gefühlsausbrüche, verleiten zu

Gedanken, verleihen Träumen die Kraft, für einen kurzen Augenblick Tatsache zu sein, lassen Tote gegenwärtig sein oder schenken einfach nur das Gefühl der Wärme in tiefschwarzen Winterweihnachtsnächten.

Nun war es aber eben nicht Weihnachtszeit, sondern ziemlich genau ein halbes Jahr davor. Nathaniel saß also auf seinem Dach, besagten Schal in der Hand, trank aus seinem Glas und blickte über die Dächer, wie schon so oft.

Und er dachte dabei an seine Laura, mit der er eines Tages in *einsamer Zweisamkeit* das Nordlicht erblicken wollte, der er im Schein dessen all seine Lebensfarben zu Füßen legen gedachte, sich widerspiegelnd in einem goldenen Ring...

Laura, die schon eine *kleine Ewigkeit* nicht mehr *seine* Laura gewesen war. Laura, so dachte Nathaniel, würde diesen Ausblick lieben, denn immer hatte sie Lichter geliebt. "Lichter und Gesichter", wohlgemerkt. Ja, auch Laura ist Fotografin und früh schon hatte sie sich auf Portraitaufnahmen in diffusem Licht spezialisiert. Sie liebt es, Falten, Unebenheiten der Haut, einzelne hervorstehende Haare, etwa bei Augenbrauen in Schwarz-Weiß festzuhalten. Farben sind der Fotografin Laura, ganz im Gegensatz zur *persönlichen, die Farben des Nordlichts liebenden Laura,* nie wichtig, im Gegenteil, diese lenken doch nur zu sehr von den eigentlichen Gegebenheiten ab. "Alles ohne! - Reduktion, Minimalisierung, nackte Haut." hatte der Titel ihrer ersten Ausstellung, bei der sie auch Nathaniel zum ersten Mal begegnete, gelautet. Nathaniel war damals Gast - einer von vielen Gästen, wohlgemerkt - und auch er hatte damals nicht alles verstanden, was ihm da als *künstlerisches Gustostückerl*, wie es vorab schon in namhaften Zeitschiften zu lesen war, vorgesetzt wurde.

Natürlich ist Nathaniel interessiert an Fotoausstellungen, ist er doch selbst Fotograf. Nicht unbedingt ehrliches Interesse war es immer gewesen, das ihn von einer Galerie in die andere trieb, sondern vielmehr das Auskundschaften, das sogenannte - und er hasste dieses Wort stets - "abchecken" der Konkurrenz. Was also konnten die anderen besser oder gerne auch schlechter als man selbst? Worauf stehen die Leute bei Ausstellungseröffnungen, abgesehen vom Sekt und sparsam auf Weißbrot gestrichenen Liptauer-Aufstrich?

Er, Nathaniel, war also an jenem Abend, es war der 4. Juni des Vorjahres, ohne Erwartungen zur Lauras Ausstellung gekommen. Es war ein Abend gewesen, an dem man sich eigentlich nur noch zwischen Schlafengehen und Biertrinken zu entscheiden hat, um den *sterbenden Tag* wenigstens noch irgendeinen Sinn zu geben. Nathaniel hatte sich für letztere Option entschieden, weshalb er den direkten Weg zum Kühlschrank angestrebt hatte, um sich ein kühles, belgisches Bier zu genehmigen, ehe er aber den Kühlschrank geöffnet hatte, waren seine Augen schon auf den Flyer (auch dieses Wort hasste er abgrundtief) von Lauras Ausstellung, den

21

Nathaniel ein paar Tage zuvor auf die Kühlschranktür mit einem Magneten aus seinem letzten Hallstatt-Urlaub befestigt hatte, gestoßen. Nathaniel hatte das Flugblatt in die Hand genommen und sich - unnötigerweise - selbst den Text laut vorgelesen: "Alles ohne! - Reduktion, Minimalisierung, nackte Haut." Der Tag der Vernissage: heute. Er hatte über den äußerst ungeschickt formulierten - und zugleich über einen besseren Titel der Vernissage nachgedacht. So war er auf Titel wie "Alles ohne! - Scharf und unscharf", "Nackte Haut haut hin" oder gar "Augen für das VERwesentliche" gekommen.

Er hatte festgestellt, dass auch er - zumindest auf die Schnelle - keinen besseren Titel finden würde, was nicht heißen solle, dass der holprige Titel "gewonnen" hätte. Vielleicht war es ebendieser unmögliche Titel gewesen, vielleicht Langeweile oder eben besagtes Interesse, das ihn wieder einmal beschlichen hatte, auf jeden Fall hatte Nathaniel den Flugzettel in beide Hände genommen, ihn gefaltet, und ihn in die Innentasche seines blauen Sakkos gesteckt. Hemd wechseln, Schuhe anziehen, Schlüssel einstecken und Tür ins Schloss fallen lassen! Niemals sperrte Nathaniel seine Wohnung ab. Dies hatte mehrere Gründe:

1) vielleicht würde er nach übermäßigen Alkoholgenusses nicht mehr imstande sein, die Türe aufzusperren (alleine das Öffnen derselben stellt doch in regelmäßigen Abständen schon eine Herausforderung dar)

2) ohnehin vertraut Nathaniel *Gott und der Welt,* wie es heißt

3) im Falle des Falles hat Lana so die Möglichkeit, die

Wohnung bei Gefahr zu verlassen, denn sie weiß genau, dass sie nur hochzuspringen, die Türschnalle fest zu umklammern braucht, dann mit der linken hinteren Pfote gegen den Türstock drücken muss, um die Türe zu öffnen. Dass sie jedoch die Türe nur im Notfall und erstrecht niemanden Fremden öffnen darf, dessen ist sie sich freilich bewusst.

An diesem Abend also war Nathaniel gemächlichen Ganges in Richtung Lauras Vernissage geschritten. Er hatte die Räumlichkeiten sehr gut gekannt, denn auch er hatte schon mehrere Ausstellungen darin veranstaltet. Bei weitem aber waren nicht so viele Gäste zugegen gewesen, wie es nun der Fall gewesen war, bei LAUR*IAS*, Freunden besser bekannt als Laura Zacharias.

Lana hat es gar nicht gerne, dass das Personal zu so später Stunde *um die Häuser zieht*, denn dadurch müsse mit verspätetem Frühstück ans Bett gerechnet werden, was den Tagesrhythmus einer sensiblen Katzendame immerhin schon ordentlich durcheinanderbringen kann.

Nathaniel hatte die Wohnung mit offener Türe und verschlossenem Herzen verlassen, hatte sie mit offenem Herzen wiederbetreten und die Türe hinter sich verschlossen. Am Haken in der Garderobe hatte nun aber nicht nur sein Sakko, sondern auch ein hellbeiger Übergangsmantel, stark riechend nach einem Bulgari-Parfum, gehangen.

Lana hatte gleich erkannt, dass *es* nicht mehr so war wie früher. Nicht nur, dass Nathaniel plötzlich die Türe vor Lana der Großen, abgesperrt hatte, so hatte *Lana samt Pfoten* sich auch noch mit einem Polster in der Küche zu begnügen.

Kein Wunder also, dass Lana den hellbeigen Mantel zu Fall gebracht hatte, in dem sie zuvor über eine halbe Stunde ihre Krallen darin eingehakt, und nun schließlich genussvoll darauf pinkelte hatte. "Ups..."

Die Tage waren ins Land gezogen, Wochen waren ihnen gefolgt und hatten sich zu Monaten vermengt. So war es also geschehen, dass Lana Laura nach und nach weichen musste, was ihr naturgemäß missfallen hatte. Ja, Lana hatte Laura geliebt, denn Laura hatte ihr regelmäßig wohltuende "Massagen" verabreicht, in dem sie ihre Fingernägel auf Lanas Rücken in kreisförmigen Bewegungen tanzen lassen hatte. Aber Lana hatte sie natürlich auch gehasst, eben, weil sie Laura - und dadurch Nathaniel nicht mehr Nathaniel gewesen war. Hass und Liebe können *ruhig* nebeneinander existieren, man muss nur die Grenze zu ziehen wissen, ehe sie sich zerfleischen...

Und eines Tages, ohne Lanas Zutun, war der Tag gekommen, an dem Laura nur noch das Ende im Licht des Tunnels gesehen hatte, den Tag, an dem es einfacher und effizienter scheint, einen fertigen Teig im Supermarkt zu kaufen, als ihn selbst zu kneten, den Tag, an dem man es bevorzugt, im

Tagebuch des Liebsten nach Antworten zu suchen, die man ihn selbst nicht mehr zu stellen wagt. Eines Tages also war der Tag gekommen, an dem sich Laura still und heimlich zu frühmorgendlicher Stunde aus der Wohnung davongeschlichen, Lana über dem Kopf gestrichen und Nathaniel schlafend zurückgelassen hatte...

sternschnuppe

Damals, und das konnte niemand wissen, hatte eine Sternschnuppe einen waghalsigen Sturz ins Nichts gewagt, um planmäßig ebenda zu landen.

Und nun? An wen dachte unser Nathaniel? An Laura. Mit Laura hatte er gelebt und erlebt. Was hatte er nur alles erlebt und wie hatte er dadurch erst *gelebt*? Achja, Laura....wenn sie wüsste, was sie Nathaniel geschenkt, vielmehr aber noch genommen hat...

Da waren diese eisig romantischen Februarabende gewesen, an denen Nathaniel Lauras Hand gehalten und sie ihn mit ihrem Atem gewärmt hatte. Da war diese Busstation irgendwo am Stadtrand und der Weg, der eisige Weg von dort weg, hinein in den Wald gewesen, in den die beiden einander ewige Lieben geschworen und sich einen einfachen Wollfaden, den sie von einem Lesezeichen, das in Lauras "Untergeher" von Thomas Bernhard auf Seite 67 schlummerte, entnommen und um den linken Ringfinger gebunden hatten, zum Zeichen der

Zusammengehörigkeit, zum Zeichen der Liebe, zum Zeichen des Zeichens....

Laura hatte diesen langen grauen Mantel getragen, das wusste Nathaniel noch genau, und da waren diese violetten Schuhe und die zerrissenen Jeans gewesen. Da war das Leuchten in ihren Augen und dann...war diese Sternschnuppe über ihnen gewesen. Diese Sternschnuppe, die in diesem Moment wie die beiden Liebenden geschwiegen hatte. Freilich hatte sie die beiden gesehen, hatte aber das Geheimnis, gleich der beiden, mit sich getragen, hatte nie ein Wort verloren über das Gesehene und Geschehene. Da war es gewesen, das Licht und es hatte so schön aus allen Sternenspitzen geleuchtet. Möge es doch auch nur eines Tages, so hatte die Sternschnuppe gedacht, sich über die Dächer des Lebens erheben, und gleich dem Friedenslicht aus Bethlehem von der einen in die andere Welt getragen werden.

denkmal

An jenem vierzehnten Juni also saß Nathaniel wieder einmal auf dem Dach und blickte über die Dächer und auf die Lichter der Stadt. Wie immer liebte er auch an diesem Tage das *stumme Lichtermeeresrauschen,* das sich vor seine Füße legte. Er liebte den Wind, der wortlos Geschichten von sich gab und liebte das gelbe Licht, das die Laternen unten in der Gasse auf gut Glück in den Himmel hinaufwarfen. Auch sie, diese Lichterfunken, wie auch alle(s) auf Gottes Erden, hatten das

Ziel, einmal nur gesehen, *wahrgenommen* zu werden. Und wahrlich, es geschah, denn Nathaniel hatte sie alle eingefangen, die *Kinder des Lichts* die da an ihm vorbei den Weg in die Unendlichkeit zu suchen schienen. Mit seiner Kamera hatte er sie *fixiert,* ließ sie nicht einfach so an ihm vorbeiziehen, sondern setzte ihnen ein *Denkmal*, verewigte sie für die Nachwelt, wie man so sagt, ohne weiter darüber nachzudenken. Denn eine *Nachwelt* würde ja eine andere Welt als diese bedeuten, so als spräche mal von einem Kind und einem *Nachkind*, ist man erwachsen, und damit bedeuten, dass es sich hierbei von einem anderen Menschen handle. Der Mensch ist älter, aber immer noch derselbe. Und auch die Welt wird immer dieselbe sein. *Ein Denkmal ohne Sockel ist wie der Bedachte selbst ohne Socken* dachte Nathaniel. Und wer trägt schon gerne Socken, wenn es nicht sein muss? Jede Art, so dachte Nathaniel, eines Denkmals muss wohl besser sein, als eine steinerne Figur (mit oder ohne Socken) oder Skulptur, auf einem Sockel drapiert wie ein Schweinskopf auf dem Festtagstisch. Er dachte an die unzähligen Lieder beispielsweise, die Personen ein musikalisches Denkmal setzten, an Gedichte oder Gemälde. Natürlich dachte er auch an Fotografien in diesem Zusammenhang. Ein Stein auf einem Sockel aber hätte hingegen gar so viel von einem Grabstein, wie er dachte. Als läge der Gedanke, das Leben, der Mensch diesem tot zu Füßen, nein, viel eher darunter! Dabei solle ein Denkmal doch genau das Gegenteil bewirken. Zum Leben solle es erwecken. Leben einhauchen, *beatmen* solle es, und nicht wie ein tonnenschwerer Stein auf einem Grabdeckel stehen, um den Tod ja tot sein zu lassen. Ein Denkmal soll zum Denken, zum Sich-Erinnern, zum Nachforschen anregen und also Bewegung, Leben und Wärme im Körper erzeugen und nicht stillstehen, starr und erfroren, erkaltet. Tot.

herzenshaus

Nathaniel wusste, dass es nun höchste Zeit sei, die Kamera beiseite zu legen und nicht ein weiteres Mal in Gedanken, die sich irgendwann selbst nicht mehr aus sich selbst zu befreien imstande wären, zu verlieren. Wie oft schon hatte er schließlich nach dem Anfang des roten Fadens gesucht...in einem Schwarz-Weiß-Bild?

So blätterte er in einem auf seinem Schoß liegenden Buch, bis er eine unbeschriebene Seite fand, griff zu seiner Füllfeder und übergab dieser das Wort. Bald jedoch legte er den Stift wieder neben seine Kamera und seine Gedanken. *Ruhet und lasset mich in Frieden!* dachte er. Manchmal beschlich ihn nämlich das Gefühl, nicht Herr über seine Gefühle, über seine Gedanken und, ja, oftmals auch Aussagen zu sein. Zu oft schließlich hatte er seine Meinung kundgetan, sich sehr wohl der Folgen bewusst. Nathaniel kann und konnte aber nicht lügen. Aber nicht vielleicht aus Glaubens- oder Gewissensgründen etwa, nein, es ist ihm schlicht und einfach nicht möglich, Unwahres von sich zu geben. Es mochte auch nicht der Grund sein, dass er sich etwa eine Lüge schlichtweg nicht merken konnte, nein, all diese eventuellen Beweggründe hatten ihn nie *bewegt*. Es war einfach sein Naturell, wie er es wohl am ehesten ausdrücken würde. Es war Teil seiner Person, Teil seines nur allzu guten Charakters und schließlich Teil seiner selbst, wie etwa auch seine Augen oder Arme. Ehrlichkeit ist ein Körperteil, den viele Menschen leider nur mehr rudimentär vorweisen können und von dem sie, würden sie danach gefragt, auch gar nicht mehr die eigentliche Funktion nennen können.

Da lagen sie also dicht aneinandergereiht nebeneinander. Der Stift, die Kamera und die Gedanken. Zu ihnen gesellte sich nun auch noch ein Zettel, nein, kein einfacher Zettel, sondern ein müdes, erschöpftes, handgeschöpftes Papier, in das Blüten eines Gänseblümchens eingebunden waren. Beschrieben war dieses Papier mit blauer Tinte, die zuvor folgenden Worten ihre *blassbläuliche Stimme* geliehen hatte:

Die Tage werden mehr,
das Licht wird schwach.
Ich bin noch wach,
doch quält der Schlaf mich sehr.

Die Stimmen werden kalt,
das Lied geht aus.
Und kein Applaus
durch unser Leben hallt.

Die Nächte werden lang.
Doch nicht ein Traum
schwebt im Raum.
Kein himmlischer Gesang.

Die Lieder sind verstummt.
Das Licht ist aus.
Nur vor dem Haus
ein Rehlein einsam summt.

Warum nur hatte er diese Zeilen geschrieben? Zwar hatte er gleich den Stift beiseitegelegt, dennoch aber waren die Worte bereits zu Papier gebracht worden, waren also nicht mehr so einfach wegzudenken, wegzuwischen oder einfach zu verleugnen. Nathaniel war wohl selbst am meisten erschrocken über diese Tat, denn er wusste wohl am besten, dass Laura nicht mehr zurückkommen würde und dass es also nur klar sein würde, dass er, Nathaniel, den Laura stets das sie *beleuchtende Licht* bezeichnete, ein immer schwächer *laurabeleuchtendes* Licht in sich tragen würde. Ein Licht, das eines Tages oder nachts schließlich zur Gänze erlöschen, und das dann auch nicht mehr zu beleben sein würde. Eine mit dem *Bethlehemslicht* beschenkte Kerze, die einmal ihr Feuer verloren hat, mag wieder leuchten, schenkt man ihr neues Feuer, doch wird sie von da an nichts mehr sein als eine Kerze. Eine Kerze, wie es sie zu Hauf gibt. Würde erst Lauras Licht in Nathaniel sterben, herrschte tiefste Schwärze in ihm.
Dieses Gedicht, diese Zeilen, diese lebendig gewordenen Wörter also berichteten von nichts Anderem, als von

ebendiesem Licht, das um seine letzten Luftzüge ringt. Nathaniel wusste freilich, wovon er schrieb und offensichtlich wollte er selbst Abstand davon gewinnen, denn welche Kerze berichtet schon gerne vom Tode, geschweigenden vom eigenen? Welches Leben sieht sich schon gerne selbst sterben? Welcher Mensch möchte sich nicht gerne selbst überleben? Und dazu muss man nicht erst Tom oder Huck heißen...

Nathaniel hätte alles dafür getan. Nicht etwa alles, um mit Laura zu überleben und also zu leben, nein, er hätte alles gegeben, um an ihrer Seite zu *sein*. Nichts mehr, als an ihrer Seite. Nichts mehr als doch genau *das* bedeutete doch sein Leben. *Nichts mehr*, das klingt so einfach und ist doch das Schwierigste, scheinbar, denn, Laura wollte dies nicht, Laura musste gehen und Laura ging. Nathaniel wollte doch nur bei ihr sein und dennoch ließ sie ihn sein. Er konnte ihr nicht widerstehen, dennoch ließ sie ihn stehen.

Laura wollte und konnte nicht mehr, sie wollte und konnte nichts mehr. Allein fühlte sie sich, selbst vor dem Badezimmerspiegel stehend...

Nathaniel hatte diesen Spiegel immer gehasst, denn er zeigte, umrandet von vierzig Glühbirnen, nur allzu sehr sein wahres Gesicht, verzerrte darin sein Leben und log zudem frech, wenn man ihn etwas frug. So grinste er stolz bei "Spieglein, Spieglein an der Wand"...*lehnte* dabei aber doch nur lächerlich an der Badezimmerwand, auf der Waschmaschine stehend, da Nathaniel es nie geschafft hatte, dieses *Monstrum von Spiegel*

31

in die Wand einzudübeln. Schlussendlich aber war er auch froh darüber gewesen, denn Laura hatte ihren Spiegel mit 39 Glühbirnen mitgenommen, als sie Nathaniel verließ. (Eine Glühbirne hatte Nathaniel, mit Lauras Erlaubnis freilich, behalten. Laura hatte nicht nach seinem Beweggrund gefragt.) Ein allzu großes Loch hätte die Demontage wohl in den alten Wänden des Badezimmers hinterlassen. So aber erinnerte kein Loch in der Wand mehr an den Spiegel und somit auch kein Loch im Herzen mehr an Laura, was freilich nicht stimmte, denn Laura war überall in Nathaniels Herzen. Aber zumindest hatte es der Spiegel nicht in die *Herzenswohnung* geschafft. Vierzig überhitzte, den Spiegel umrahmende und also umarmende Lichter hätten zu viel Hitze im Herzen des Nathaniel erzeugt und ihn wohl wochen-, wenn nicht monatelang fiebrig ans Bett gefesselt. NEIN. Der Spiegel mitsamt seinem Heiligenschein durfte also nicht in der Wohnung bleiben. Rein aus Sicherheitsgründen, wie Hausherr Nathaniel entschied.

Hat ein Mieter oder eine Mieterin erstmal einen Mietvertrag, dem sogar ein unbefristeter Vertrag in Aussicht gestellt worden war, unterschrieben, ist es bei *guter Führung* fast unmöglich, den Vertrag von Vermieterseite her zu kündigen. Nicht anders erging es unserem Nathaniel, Vermieter einer seiner Herzenswohnungen, deren Mieterin Laura war und die sich eigentlich auch nichts zu Schulden kommen ließ. Welchen Grund also sollte er vorlegen, um die Mieterin aus seiner

Wohnung zu schmeißen, so er dies anstrebe? Nathaniel wusste, dass es wohl nicht leicht sein würde und also das bestmögliche Verhältnis zwischen Eigentümer und Mieter herzustellen sein, wohne man doch schließlich *unter einem Dach.*

Laura würde wohl nie aus seinem inneren Herzenshaus ausziehen, das wusste Nathaniel, und selbst wenn dies jemals der Fall sein müsste, so würde sie doch unzählige Erinnerungsstücke, wenn auch leicht verstaubt, im Keller und Dachboden hinterlassen. Nie also würde das Haus wohl wirklich frei sein von ihr. Eigentlich doch ein sehr schönes Bild, oder? Doch, will man die Wohnung seriös neu vermieten, so ist ein leeres Kellerabteil unumgänglich...
Wichtiger aber noch ist ein Abteil am Dachboden, denn von da aus kann man, hat man Glück und ein Dachfenster, gelegentlich sogar eine Sternschnuppe beobachten...

sternenlicht

Und so also hat er dagesessen, unser Nathaniel. Im Polster und in Gedanken versunken. Den Blick über die Dächer und das Leben schweifend. Die Nacht und den Wein liebend.
Ja, heute war wieder so ein Tag gewesen, an dem ein *Gläschen zu viel* durchaus im Programm vorangekündigt war, denn es war ein Tag, dem so schnell kein anderer folgen sollte, sondern zwei Nächte, Hand in Hand. Wochenende also. Aber nicht im

klassischen Sinne freilich, denn was zählen schon Samstage und Sonntage, ist man Künstler? Na eben! Ganz im Gegenteil waren es gerade die Donnerstag-, Freitag- und Samstagabende gewesen, die Nathaniel dazu zwangen, fit und nüchtern auf einer Vernissage aufzutreten. Oftmals war es die eigene gewesen, doch, wie bereits erwähnt, auch Vernissagen der Kolleginnen und Kolleginnen sollte man zumindest nüchtern betreten, alleine schon des Respekts wegen. Wie beziehungsweise ob man diese auch wieder verlässt...nun, darüber könnte man Bücher schreiben, was hier aber absolut nicht das Ziel ist, denn wir begnügen uns mit diesem einen, das schon Arbeit genug ist, versucht man, einen Künstler (und seine Katze) in ein Buch zwischen zwei Buchdeckel einzusperren...nur allzu bald geht einem da die Luft aus, speziell, wenn man noch so viele Pflanzen in der Wohnung hat, wie Nathaniel etwa, denn auch diese brauchen und also *verbrauchen* Luft.

Nun, lassen wir also Nathaniel endlich auf seinem Dach sitzen und die Geschichte weitergehen...

Sterne forderten also einander zum Tanze auf, Sternenstrahlen fanden zueinander, berührten einander sanft, ja, fast so, als hätte es diese Berührung nicht gegeben, als wache man am nächsten Morgen auf, und dächte darüber nach, ob *diese Berührung* denn etwa nur erträumt war. Sternenlicht gibt es nicht nur über den Dächern der Stadt, über den Baumwipfeln des Waldes, über unserer Leben Köpfe, nein, bis in den tiefsten Keller finden sie ihren Weg. Dorthin, wo verstaubte Bilder und Nachtkästchen ihre letzte Ruhe zu finden glaubten. Und auf einem dieser Nachtkästchen liegt es noch, das Buch Thomas Bernhards, das Laura beinahe ausgelesen hatte und in dem auf der vorletzten Seite ein Foto schläft. Ein Foto von Laura und Nathaniel.

Lana Del Rey versenkte unseren Nathaniel in unendliche Tiefen des Lebens und hob ihn zugleich in unendliche Höhen desselben. Ihre Stimme verzauberte ihn, nahm ihn ein, sog ihn in sich auf und ließ ihn aus sich heraus sprechen. Nathaniel verlor an Gewicht und gewann an Volumen, war zu tragen nicht mehr im Stande, was er aber mit Leichtigkeit ertrug. Sein Leben schwebte zwischen Wolken, sodass er die eine und auch die andere nicht zu berühren imstande war,
Konzentriert darauf, eine Wolkenhand zu erhaschen, hatte er ganz und gar darauf vergessen, dass ihm der Boden unter den Füßen fehlte. Konzentriert auf sein Leben, hatte er ganz auf den Tod vergessen, wie auch, alleine Laura seine Konzentration gewidmet, auf sich selbst.

zeitfenster

Nathaniel dachte über den Inhalt seiner nächsten Ausstellung nach, über den *schwebenden Schwerpunkt*. Wovon solle er *erzählen*, was wolle er nun zum Thema machen? Was bewege ihn so sehr, dass er beschlösse, sich diesem Thema allein über mehrere Monate hinzugeben, ihm schließlich eine eigene Ausstellung zu widmen? Nathaniels Ausstellungen lesen sich seit jeher als Geschichte, weshalb er auch stets größten Wert auf die Anordnung der Bilder in der für ihn wichtigen und also einzig richtigen Reihenfolge legt. Und so ist es keine Seltenheit, hängt beispielsweise ein zweimalzweimetergroßes Bild neben einem Passfoto. Die zu erzählende Geschichte ist es eben immer gewesen, die für ihn vorrangig ist. So werden seine Ausstellungen auch oftmals von ihm verfassten Texten, meist in lyrischer Form, ergänzt. Wie der Kreuzgang in einer Kirche werden sie oft angelegt. Bilder werden mit Nummern versehen, Pfeile weisen auf die einzuhaltende Gehrichtung hin. Hält der Künstler es für notwendig, so kann der *Kreuzgang* auch durchaus unterbrochen werden durch ein Sofa, auf das man sich zu setzen hat, um mit Kopfhörern ein thematisch wichtiges Lied anzuhören, ehe der Weg weitergehen soll. Meist sind die Räume sehr dunkel, sodass man oftmals den Boden, auf dem man tritt, zu erkennen nicht imstande ist. Die Fotografien an den Wänden werden dezent beleuchtet und irgendwie riecht es stets nach nordischem Nebel. Fast zur Gänze wird in Schwarz-Weiß fotografiert und immer ist es um ein paar Grade zu kühl in den Ausstellungsräumen. Bewusst freilich, wie Nathaniel betont, der dabei stets von *kühler Konzentration* spricht und davon, dass es für alles im Leben die richtige *Temperatur* gibt. Für den Weißwein wie für den Rotwein, für den Urlaub auf Korsika wie für den Urlaub in

Krakau. Für den Abend vor dem Fernseher wie für die Nacht im Bett. Und ebenso für Besuche in einem Altersheim wie für Besuche einer seiner Ausstellungen, denn *klare Gedanken klirren nur in der Kälte.*

Diesmal würde es wohl eine Ausstellung seiner Fotos werden, die er von und mit Laura gemacht hatte. Tatsächlich waren in der Zeit mit Laura unzählige hochwertige Aufnahmen entstanden. Teilweise zusammenhängend, alleine schon die Aufnahmen der von ihm als "Fotourlauben" bezeichneten Reisen, die einzig das Entstehen neuen Materials im Sinne haben sollten. Mit einer alten Spiegelreflexkamera hatte er es sich so beispielsweise einmal zur Aufgabe gemacht, Krakau aus der Sicht der unzähligen Mistkübel bei Nacht festzuhalten. Die Idee war entstanden, als Nathaniel sich nicht anders zu helfen wusste, nächtliche Aufnahmen zu machen, ohne die Bilder zu verwackeln, indem er seine analoge Kamera zur Ruhigstellung auf die Mistkübel der Stadt legte. Dass ihm ausgerechnet das scheinbar unverzichtbare Stativ während der Fahrt *abhandengekommen* war, trug hierbei nun zu einer positiven Wendung der Ereignisse bei. Auf sämtlichen Mistkübeln Krakaus hatte also die Kamera gelegen und gestochen scharfe Bilder geliefert. Die Kamera für ein paar Sekunden in der Hand derartig ruhig zu halten, wäre nie gelungen, zumal es teilweise wirklich sehr dunkel gewesen war, wie beispielsweise um die Königsburg Wawel herum oder an der Weichsel.

37

Was folgte war eine Ausstellung all dieser Bilder unter dem Titel: "Miastokübel". Das polnische *Miasto* - zu Deutsch *Stadt* hatte sich förmlich aufgedrängt für das Wortspiel. Bei seinem ersten Polenbesuch hatte Nathaniel tatsächlich alle in Zakopane beschrifteten Mistkübel mit der Aufschrift *Miasto Zakopane* (Stadt Zakopane) mit *Zakopanes Mist* übersetzt. Der Ausstellung nun den Titel *Miastokübel* zu geben lag also nur auf der Hand.

Viele andere Bilder waren auch entstanden, und Nathaniel, auf dem Dach sitzend, an seinem Glas Wein riechend und überlegend, welche seiner Fotos er nun heraussuchen solle, welche Bilder zu welchem Thema ihr Gesicht würden zeigen und wie denn nun eigentlich das Thema lauten solle, grinste innerlich, erfüllt von einer nicht zu definierenden Energie. Aufnahmen zu diesem und diesem Thema, schwierig bis unmöglich, hier einen gemeinsamen Nenner zu finden. Er schwenkte sein Glas, nahm einen kleinen Schluck, stellte es neben sich und griff zu seinem Buch.
Diese vielen Themen, die er fotografisch festgehalten hatte in der Zeit mit Laura, diese vielen Arbeiten, Ideen...ganz klar waren sie nicht nur bei *einem* Namen zu nennen. Der Name war viel mehr die Zeit selbst, die Zeit, in der all diese Aufnahmen entstanden waren.
Nathaniel verstand ganz plötzlich, worum die Ausstellung also handeln solle: Um die Zeit an sich, die Zeit, in der er all diese Fotos geschossen hatte. Die Zeit, in der Laura an seiner Seite

gewesen war. Laura also war das Thema, viel mehr die Zeit an ihrer Seite, wie er jetzt erkannte.

Zeitfenster mit angeschlagenen Scheiben etwa schwebte Nathaniel als erster Titel vor oder auch *LAU//RA - LAUter RAritäten.*

Er trank seinen Wein inzwischen nun schon viel zu schnell, hörte Lana Del Rey viel zu laut und dachte viel zu viel an Laura. All das missfiel ihm irgendwie, und doch wurde alles gesteigert. Lana konnte deutlich die Musik bis in die Wohnung hören und verfluchte es schon manchmal, einen Künstler für die *niederen Dienste* angestellt zu haben. Ja, sie liebte laute Musik, nicht aber zur Schlafenszeit! Gutes Personal zu bekommen, ist und bleibt ein großer Katzenjammer.

lebensfinsternis

Wie viele Sterne mag er momentan umarmen, der Himmel? Wie viele Sterne mögen schon erblindet sein, an der Sonne Licht? Und was würde passieren, wenn eines Tages die Sonne verschlafen, einfach den Wecker nicht hörte? Was würde passieren, schliefe die liebe Welt noch um ein, zwei Stunden länger?

Nathaniel dachte an die letzte Sonnenfinsternis, die er gesehen hatte und zu gut hatte er noch die plötzlich verstummten Vögel im Geäst in seinen Ohren. Tatsächlich waren sie in jenem Moment, als die Sonne verschwunden war, mit dieser verschwunden. Nicht körperlich freilich, doch das Fehlen ihrer

Stimme kam dem gleich, da ein Vogel im Dunkeln ohne Stimme eigentlich genau dies bedeutet. Verschwunden sein. Nicht vorhanden, nicht wahrnehmbar.

Wieviel unterscheidet eigentlich ein nicht wahrnehmbares Wesen von einem toten? Eine Sonnenfinsternis lässt Stimmen verstummen, Farben verblassen, Wärme auskühlen, Gedanken erstarren und also Leben töten, wenn vielleicht auch nur scheinbar. *Lebensfinsternis* hatte Nathaniel damals nur gedacht, als er in die schwarze Sonne gesehen hatte. Lebensfinsternis, weil all sein Leben in diesem Moment ein warmes Bett in der Schwärze gesucht, sich in kaltblaue Bettwäsche gekuschelt und den kühlen *Augustmond* liebkost hatte.

Ob es sich überhaupt noch lohne, sich zu erheben, sich *dem Leben entgegenzustellen*, hatte er sich gefragt, ehe sich zurücklehnte und Lana Del Reys Klängen ein weiteres Mal in seinem Leben lauschte.

Wie kann ein Lied so perfekt sein? Wie kann es Moment sein? Wie kann es sein, dass besagte *Lebenselemente* miteinander so perfekt harmonieren und doch nichts über das Leben aussagen? Ein perfektes Lied zu einem perfekten Moment, und mittendrin ein *unperfektes* Leben. Ein sogenanntes *Leben* also, das zwar noch Kraft hat, sich anzuhalten am Lebensrand wie ein Ertrinkender an einem Baumstamm, das innerlich aber schon längst erkaltet ist. Ein *Lebensrest,* der vielleicht einfach untergehen und also die Aufmerksamkeit nicht auf sich lenken sollte. Einfach untergehen. Wortlos schweben im Luftblasenhimmel... versinken darin und aufsteigen als schwereloser Gedanke, der den Weg zu Oberfläche sucht um darauf wandelnde Insekten zu beobachten bis die Sonne daran erstickt.

nachtklänge

Kalt wurde es und auch die Kerze wurde unliebsam zum Schlafe ausgepustet. Wind und Zeit meinen es nur selten gut mit uns Menschen. Immer bringen sie Frisur beziehungsweise Leben durcheinander...

Nathaniel fror, weshalb er beschloss, sich *hinunter* in seine Wohnung zu begeben. Lana würde wohl schon schlafen und ihn also nicht zur Rede stellen. Wärmer als hier oben auf dem Dach wäre es auf jeden Fall und durch das Dachfenster wäre immerhin auch noch ein halbwegs guter Blick auf die Dächer gewährt.

Lana schlief keineswegs. Wie sollte sich auch, wo doch Nathaniel immer wieder gegen Möbelstücke stieß, diese dann zurechtrückte und tatsächlich des Glaubens war, nicht wahrgenommen zu werden. Innerlich musste sie nur grinsen, denn im Grunde findet sie es ja auch süß, wenn Nathaniel etwas angetrunken durch die Wohnung wandelt. So war er eben, ihr Nathaniel. Immerhin aber gab es stets frisches Wasser, öfters auch Katzenmilch und vor allem täglich Fleisch und freitags frischen Fisch, natürlich vom Markt.

Nathaniel streifte also wieder einmal unzählige Regale und andere Möbelstücke, ehe er die Küche erreichte. Ein kühles Glas Mineralwasser, ein paar Oliven, vier Scheiben Käse und etwas Kren wurden höflich aus dem Kühlschrank herausgebeten und fanden sich auch gehorsam alsbald auf einem hölzernen Schneidbrett ein. Dazu gesellte sich auch die arrogante, fette Bierflasche aus dem ersten Stock, links über dem Gemüsefach. Frischer Käse, frisches Bier frische Luft. Genau dies brauchte Nathaniel, weshalb er vor seinem Schlafzimmer einen Haken schlug, und sich wieder auf das Dach begab, nicht ohne vorher Lana einen Kuss aufs Köpfchen zu geben und sie liebevoll mit ihrer Fleecedecke zuzudecken...

So hatte Nathaniel wieder auf dem Dach gesessen, als Lana angewidert die *ekelige Fleecedecke* über ihre Hinterpfoten unachtsam auf den Boden gleiten ließ.

Als würde die Nacht niemals enden wollen... Wann hat sie überhaupt begonnen, die *zärtliche Umarmung der Dunkelheit?* Blassgelbe Lichter spiegelten sich im Fenster des gegenüberliegenden Hauses, und Nathaniel dachte nach. Er dachte nach über die Lichter des Lebens, über Gerüche und Stimmungen. Tausende Töne, tausende Menschen, beispielsweise bei einem Konzert. Daraus folgend tausende Gefühle und abertausende Erlebnisse. Keines dem anderen gleichend, jedes einzigartig und dadurch *einsam.* Besonderheiten verenden durch das Los der Einsamkeit.

Nathaniel blickte in die Ferne, die ihn klein werden ließ, klein und *unbedeutend*.

Entfernung bewirkt Gefühl der Freiheit und diese lässt uns klein erscheinen, liegt über uns der Sternenhimmel, der uns mit anonymen Sternenleben bedroht. Sterne leben über uns. Wer gibt ihnen die Freiheit? Achja, die Entfernung!

Was aber, wenn es nur so ein Gefühl ist...?

Nathaniel schloss seine Augen, glaubte tatsächlich, Lanas Schnarchen zu vernehmen, lehnte sich gegen den Ziegelsteinrauchfang und versuchte, sich auf alle Laute zu konzentrieren, die er in diesem Moment wahrzunehmen imstande war.

Nun, da waren natürlich vereinzelt die unten in der Gasse vorbeifahrenden Autos zu hören. Und irgendwo war da auch eindeutig ein Klavier zu erkennen. Welche Melodie gespielt wurde? Auf jeden Fall war es ein Lied von Laura Pausini, "Vivimi", wenn Nathaniel nicht alles täuschte. Nein, natürlich war es keine Täuschung gewesen, denn nur allzu gut kannte Nathaniel dieses Lied, Lauras Lieblingslied immerhin. So sehr er auch versuchte, Laura aus seinem Leben *auszublenden*, wie er dachte, so sehr, würde sie einen anderen Weg finden, um dennoch gegenwärtig zu sein. Und sie hatte es erreicht, wie Nathaniel sich eingestehen musste, denn auch selbst mit geschlossenen Augen stand Laura plötzlich vor ihm, gekleidet in den Tönen jenes Liedes, das wohl nicht zufällig erwacht war. Wer nicht fühlen will, der muss hören...

43

Nun, was war da noch zu hören? Ganz, ganz leise und doch unverkennbar waren da die Motorengeräusche eines Flugzeuges auszumachen. Und da...ein Kanarienvögelchen schien schlecht zu träumen, und da war auch ganz klar, irgendwo in weiter, weiter Ferne melancholische Cello-Klänge zu hören. Um diese Töne zu vernehmen, musste Nathaniel sich allerdings schon sehr anstrengen, denn tausende Klänge schienen sich momentan in die stumme Nacht einschleichen zu wollen. Tausende Klänge in finstrer Nacht. Tausende unsichtbare, klangvolle Bilder im Leben des Nathaniel. Tausende und abertausende Bilder hingen an der unsichtbaren Wand, umrandet von *schmerztiefschwarzem* Rahmen, der tief mit einem rostigen Nagel in das Nichts der Gegenwart eingeschlagen worden war. Nathaniel hörte alles, jedes Hämmern, jedes Zurechtrücken, ja, sogar jede Stille zwischen den Bildern, er spürte jeden Luftzug, der durch die leisesten Bewegungen entstand. Er vernahm beinahe noch mehr als Lana bei Tag. Aber diese schlief augenblicklich ja schon.

Was war da also noch zu hören? Klar, mit geschlossenen Augen nun noch viel deutlicher: *A nos Amours...*

Nun, dieses Lied des französischen Sängers Saez hatte er in diesem Moment zum ersten Mal gehört und zugleich lieben gelernt. Nicht des französischsprachigen Textes wegen, denn davon verstand unser Nathaniel, sieht man vom "Amour" einmal ab, herzlich wenig, nein, die Melodie und diese traurig

44

schöne, eingängliche Stimme waren es gewesen, die ihn so sehr fesselten. Wovon mochte dieses Lied nur handeln, welches Schicksal der Liebe würde wohl besungen und warum senkte und sengte sich der Gesang so tief in sein Herz? Und überhaupt...woher erklangen diese Töne? Und noch eine ganz andere Frage am Rande: Was suchte diese rote Katze eigentlich auf *seinem* Dach?!

II

gute nacht

"Lune!...wo rennst du hin? Komm sofort zurück...!"...erklang es deutlich wahrnehmbar, sodass Nathaniel momentan nicht wusste, welche Frage er sich denn nun zuerst zu stellen hätte. Wäre dies nun etwa die Frage nach der Besitzerin jener lieblichen Stimme, die soeben die blechernen Dächer hoch über der Stadt streifte oder die Frage nach jener auf besagten Dächern umherwandelnden Katze oder gar die noch höher in den Himmel ragende Frage nach dem Sinn einer solchen Gegebenheit, die, wie es Nathaniel zurecht erschien, nicht unbeabsichtigt zu jener Zeit an jenem Ort geschah...

Mit strengem Blick sah er also um sich, ohne aber jemanden erblicken zu können. Wie in aller Welt war es möglich, dass er, Nathaniel, der sich insgeheim nicht nur als Mieter der Unterdachwohnung jenes Hauses mit der Nummer 6 sah, sondern vielmehr als rechtmäßiger *Besitzer* seines *Rauchfangdachplatzes* zu bezeichnen wagte, sodass jede Art von Begegnung, sei es jene mit einer Katze oder auch nur eine stimmliche, wie eben, nicht mit rechten und rechtlichen Dingen zugehen könne?! Hier oben, auf dem Dach, auf dem auch Nathaniel sich stets unerlaubterweise aufzuhalten

46

geziemte und auf das er, wie er bis eben zu meinen glaubte, sich auch nie jemand anderer jemals hin verirrt haben mochte, noch es jemals würde tun.

Nathaniel blickte wie erstarrt auf die Katze, die ihn in dunkler Nacht zum Tanze auffordern zu wollen schien und schließlich roch er nun auch eindeutig Rauch. Nicht aber nach Rauch, wie ihn in kalten Jahreszeiten etwa der Rauchfang hinter ihm auszuhauchen pflegt, nein, Zigarettenrauch, wie er ihn seit Lauras letzter Zigarette in seinem Beisein nie wieder so bewusst erlebt hatte, denn auch damals wie jetzt, schloss er seine Augen für einen kurzen Moment und dieser Moment ließ ihn alles um sich, Geräusche, den Wind und den Rauch einer Zigarette eben viel intensiver wahrnehmen. Laura hatte nicht sehr oft, doch aber in regelmäßigen langen Abständen geraucht, sodass nach einer in Whisky getränkten Nacht - wenn auch am offenen Fenster - die Wohnung am nächsten Tag und auch den darauffolgenden noch nicht mehr vom Gestank des kalten Rauches zu befreien war. Er hatte es aber stets akzeptiert, zumindest aber hatte er Laura gegenüber nie ein diesbezügliches Wort erwähnt. Anders hatte es sich da schon bei Lana verhalten, die nach derartigen Nächten in ebenso regelmäßigen Abständen auf Lauras Schuhe gepinkelt hatte und innerliche Ruhe und Genugtuung erst darin fand, deren Mantel genüsslich zu zerkratzen. Den Kratzbaum wollte sie ja schonen, denn der sah so schön aus, mit den Liegeflächen, auf drei Etagen verteilt, und den Plüschkugeln, die da herabhingen. Musste Nathaniel ja einen Haufen Geld

47

gekostet haben, dieser Kratzbaum, den er Lana zum Geschenk gemacht hatte. Auf Geschenke achtet man, hat man Respekt vorm Schenkenden. Nun ja, Lanas Respekt gegenüber Nathaniel hielt sich nun wirklich in Grenzen, aber hie und da eignet sich der Vorwand eben sehr gut, handelt es sich beispielsweise um den Mantel eines *Fremdkörpers* in der Wohnung. Und außerdem... kam ja eh bald der *füreinenmantelvielzuwarme* Frühling...

"Lune, wirst du jetzt endlich wieder rüberkommen!", erklang es erneut in dieser ganz speziell sanften Stimme. Nathaniel blickte auf die rote Katze, die es sich inzwischen neben ihn gemütlich gemacht hatte und keineswegs den Anschein zu erwecken schien, *Lune* zu heißen. Er bückte sich etwas nach vorne, konnte aber immer noch keine Person sehen, weshalb er sich nun endlich dazu entschloss, dieses süße rote Kätzchen auf seinem, Nathaniels, Platz liegen zu lassen, sich am Rauchfang hinter ihm hochzuziehen und über das hervorstehende Gesims des Nachbarhauses zu lugen. Zwar war es das Nachbarhaus, dennoch aber grenzten die beiden Häuser nicht direkt aneinander, da ein Lichthof die beiden Gebäude trennte. Lune dürfte die Distanz wohl mit einem ordentlichen, gezielten und freilich grazilen Sprung überwunden haben, was der scheinbaren Besitzerin aber schon nicht mehr so einfach gelungen sein durfte, sofern sie es überhaupt versucht haben mochte. Denn es hatte allen anderen Anschein als das gemacht. Nathaniel hielt sich am

Rauchfang fest und erblickte in unmittelbarer, von besagtem Lichthof getrennter, Nähe auf einer Dachterrasse eine Person sitzen. Die Luftlinie zu dieser Person mochte keine drei Meter gewesen sein. Angestrengt bemühte er sich, die Person zu erkennen, aber es war einfach zu wenig Licht für ein derartiges Unterfangen. Klar, die Konturen jener Person, deren Stimme er schon kannte, waren deutlich zu vernehmen gewesen wie auch das Leuchten einer Zigarettenglut. Alles andere aber blieb im Dunklen, wie auch die Vorstellung von jener Person, die er in diesem Moment zum ersten Male wahrgenommen hatte und die mit ziemlicher Sicherheit neu im Nachbarhaus sein musste, mit absoluter Sicherheit aber neu in seinem Leben war.

Dieses *"A nos Amours..."*, die Katze und der Rauch, die Dunkelheit und der Wein, der Lichthof ohne Licht, der Rauchfang und das Nichts, die Lichter und die im Chor gebettete Stimme in besagtem Lied... In Nathaniel ging es momentan ungewohnt emotionell zu, also, *so nach außen hin.* Momente, die ihn bewegten, bewegten sein Gehirn. Sein Gehirn dachte über einen, den Moment beschreibenden Titel nach. Gar nicht immer handelte es sich um mögliche Ausstellungen, dachte Nathaniel über einen Titel nach. Vielleicht mochte sein Handeln sogar, wie Nathaniel öfters dachte, eher auf Journalisten zutreffen, jedenfalls: Jedem Moment eine Überschrift. Nathaniels Tagebücher, die er schon in einstelligem Lebensalter schrieb, wiesen und weisen stets mit Überschriften auf den folgenden Text hin. Etwas

Komplexes auf den Punkt bringen. Mit einem Titel. Mit einem Foto. Mit einem Lied. Ja, genau dies war auch seine Leidenschaft. Dies - Momente also mit Liedern zu untermalen. Hierbei verhielt es sich so, dass in der Gegenwart mehr oder weniger pausenlos Musik zu vernehmen war. Ständige, teil eben unbewusste Musik im Kopf führte für ihn selbst so weit, dass er in bestimmten Momenten noch vor seinen Gedanken dazu ein aus dem Unterbewusstsein entsprungenes Lied im Kopf hatte. Ein Lied, dessen Inhalt exakt mit der gegebenen Situation übereinstimmte. So kam es nicht nur einmal vor, dass Nathaniel in einer bestimmten Situation ein Lied summte, ohne zu wissen warum und erst im Nachhinein sich der Übereinstimmung zwischen Lied und Situation bewusstwurde. Wer da eigentlich wem nun wem voraus sei, wurde er öfters von Freunden gefragt: Das Leben dem Unterbewusstsein oder umgekehrt?

sanftpfoten

Lana erwachte durch das Motorradgeräusch, das in der nächtlichen, menschen- und autoleeren Gasse vor dem Haus derartig beschleunigt hatte, sodass sie tatsächlich noch zuvor unsanft auf dem Boden gelandet war. Im Traum wohl hatte sie also schon versucht, dem Geräusch zu entfliehen, indem sie sich ins hintere, auf den Hof gerichtete Zimmer, verziehen wollte. Nun, die Realität, wie so oft, kam mal wieder zuvor, und so war sie bereits auf dem Boden gelandet, noch ehe sie erwachte. Unsanft. Und das hasst sie am allermeisten. Samtpfoten, oder auch *Sanftpfoten,* wie sie sich und ihresgleichen oft liebevoll bezeichnet, lieben eben nun mal keine *Unsanftheit*...genauso wenig übrigens wie *Unsamtheit,* wobei sie stets die Überlegung plagt, welches der beiden Worte wohl eher nicht existieren möge. "Aber", so denkt sie in solchen Momenten stets weiter, "wozu bin ich eine Katze...um dies herauszufinden, gibt es dieses mir untergeordnete Menschenvolk schließlich, tausende gescheiterte Germanisten, die nun also ohnehin den ganzen Tag nichts zu tun haben...sollen die sich doch mit dieser Frage beschäftigen. Was juckt´s mich? Mich juckt vielmehr diese vermaledeite Fleecedecke..."

Lana ist sich ihrer Position als Hauskatze sehr wohl bewusst, wobei der Begriff Hauskatze freilich niemals im selben Atemzug mit dem Begriff Hausfrau zu verwenden ist, denn dazwischen liegen tiefe Abgründe. Abgründe, nicht wie etwa jener zwischen dem Haus und dem Nachbarhaus, für Katzen also durchaus zu überwindende, nein, viel eher wie zwischen den Häusern auf der einen und Häusern auf der anderen Seite der vierspurigen Autostraße. Hält eine Hauskatze sich neben dem harmlosen und im Grunde ja liebenswerten, arbeitstätigen Besitzer auch noch eine immer zugegen seiende Hausfrau, so bedeute dies ein Leben in ständiger Unruhe, wie Lana denkt. An ein ausgedehntes Schläfchen auf dem Sofa (seit den blöden Flachbildschirmen ist dies ja auf einem Fernseher nicht mehr möglich) oder gar auf dem Kopfpolster ist in einer solchen Situation nicht mehr denkbar. Laura hatte zu Lanas Glück ja nie den Anschein gemacht, sich in Lanas Gemächern häuslich niederzulassen, aber die Zeit war dennoch eine Zeit der Ungewissheit für Lana. Wer will schon wirklich wissen, wozu die Menschen fähig sind? Was wäre gewesen, wäre Laura über Nacht in Nathaniels Dienstzimmer eingezogen? Lana wäre nie gefragt worden, wäre ihres Thrones nicht mehr sicher gewesen und hätte keine Nacht mehr ruhig schlafen können. Zu groß wäre die Gefahr gewesen, hinterrücks überfallen und außer Gefecht gesetzt zu werden. Eiskalte Tage und Nächte hätten bevorgestanden, tiefgefrorene Pfoten an lauen Abenden.

Lau. Lauer. Laura....

Es war der einzige Weg, so brutal es auch für Nathaniel gewesen sein mochte. Dass Laura aber gegangen war, schien für alle Beteiligten der einzig mögliche und daher richtige Weg zu sein. Freilich vermisste Lana manchmal Lauras Mantel und musste sich eingestehen, dass der Kratzbaum zu Lauras Zeiten besser ausgesehen hatte, aber egal! Solle Nathaniel eben einen neuen Kratzbaum organisieren! Immer noch billiger, wie Lana dachte, als einen neuen Mantel zu kaufen, denn Lauras Mantel war wirklich ein ziemlich teures Teil gewesen. "Gewesen!"... und Lana wurde von unweigerlich erfülltem Grinsen wieder in den Schlaf getragen...

glutlicht

"Gute Nacht!" waren Nathaniels erste Worte in Richtung *Glutlicht*. *Guten* Tag oder *Guten Abend*, auch *Guten Morgen* würde man ebenso verstehen, hatte er augenblicklich gedacht, warum aber ist *Gute Nacht* immer in gewisser Hinsicht als Abschied, wenn auch nur für die Dauer einer Nacht, zu verstehen?

Da hatte er also gestanden, unser Nathaniel. Eine rote Katze im Rücken, einen Rauchfang zu seiner Rechten, einen in etwa fünfzehnmetertiefen, auf die Gasse wie auch einen ebenso tiefen, in den vor ihm liegenden Lichthof, verlaufenden Abgrund. Und jenseits des Abgrundes ein Licht. Ein *Zigarettenlebenslicht*, als welches Nathaniel es immer bezeichnete hatte, rauchte Laura wieder einmal einer dieser "Todespfeile". Lebt die Zigarette, so gibt sie Licht, ist sie tot, so gibt sie Rauch. "Licht und Rauch"...schoss es Nathaniel in den Kopf. Licht, Symbol der Wärme, der Freude, der Hoffnung, des Trosts, ...des Lebens also.

Rauch, Symbol der Kälte, der Angst, der Beruhigung, des Endes, des Todes. Eine brennende Kerze, deren Licht verendet, gibt kein Licht mehr, sondern Rauch. Und Rauch ist irgendwann zu Ende. Ewiges Licht. Endender Rauch....Bilder im Kopfe des Nathaniel, der in diesem Moment wahrscheinlich selbst nicht recht wusste, ob er sich im Leben gestört fühlte oder ob dessen Störung belebt wurde.

Veränderung ist in jedem Fall Reibung, ist Bewegung, ist

Wärme und also Leben. Und das spürte Nathaniel in diesem Moment wie vielleicht schon lange nicht mehr in sich. Innere Wärme belebte ihn. Und diese kam nicht vom Wein allein.

"Du wünscht mir eine Gute Nacht? Es ist doch schon mitten in der Nacht. Meinst du also weiterhin eine gute Nacht, was bedeutete, du seist der Annahme (denn wissen kannst du es ja nicht), ich hätte bisher eine gute Nacht gehabt, oder meinst du, dass mir von nun an eine gute Nacht zustünde? Oder ist es etwa als Frage gemeint, dann aber müsste deine Stimme sich am Ende des Satzes erheben und damit also den Satz zu einem Fragesatz machen. Und überhaupt...willst du mich damit grüßen, was ja absolut nicht üblich ist in dieser Form", hallte es zurück und Nathaniel stellte sich insgeheim schon die Frage, ob sein Gegenüber vorhatte, *kubanisch* zu rauchen, da ob des Wortschwalls ihm auch scheinbar nichts Anderes möglich zu sein schien. Er beschloss, weder sich selbst die letzte Frage noch seinem Gegenüber alle anderen Fragen zu beantworten, indem er noch einmal tief Luft holte und erneut sein Wort erhob. "Hallo!"

Die klang doch viel besser und einfacher und schien offenbar auch, jenseits des Lichthofes als annehmbare Grußformel angenommen zu werden, denn nur allzu schnell hallte ein "Hallo, auch!" entgegen.

Immerhin, der Anfang war getan, dachte das rote Kätzchen, und deshalb beschloss sie auch, wieder nach ihrem Frauchen Sehnsucht zu haben und dieser von Sehnsucht geschwächt auch nicht imstande zu sein, den, zuvor für sie als absolut lächerlich empfundenen Lichthof nun in die andere Richtung mit einem Sprung zu überwinden. Nein! Viel eher folgte eine leicht überspielte Szenerie, in der alle, bisher selbst nicht bekannten Laute, zum Einsatz kamen, nur, um dem Frauchen die Unmöglichkeit des Rückwegs auf selben Wege, zu demonstrieren.

"Ich habe eine Katze zu viel" gab Nathaniel in gespielt leicht gereiztem Tonfall von sich. "Steht dir aber gut", erklang es aus der gegenüberliegenden Finsternis. Nathaniel gefiel die Stimme, die aus der nächtlichen Schwärze hallte. Dieser französische Akzent, liebkost von weiblicher, sich in Rauch verlierender Stimme war einzigartig, hatte fraglos gewiss einen Wiedererkennungswert.

"Wie heißt deine Katze?", frug Nathaniel in seiner Verlegenheit.

"Lune" kam alsbald die Antwort, ohne dass aber die rote Katze darauf reagiert hätte.

"Wenn DAS meine Katze hören könnte!" antwortete Nathaniel, und es war klar, dass diese Antwort nur weitere Fragen mit sich brächte. Denn wie solle diese Aussage zu verstehen sein, kennt man nicht gerade die Geschichte der beiden?

Zu plump erschien Nathaniels Gegenüber offenbar die letzte Antwort, denn es folgte, entgegen des absolut gegebenen Interesses, eben genau *keine* Gegenfrage, was den Dialog dann doch gleich schlagartig zum Erliegen brachte. So nach dem

Motto: alles gefragt, nichts gesagt. Zeit um!

Doch die Uhr tickte weiter, will sie doch seit jeher nur ihre einzige Aufgabe erfüllen, in der Hoffnung, sich irgendwann wegen guter Führung frühzeitig zur Ruhe setzen zu können.

"Lün", fädelte Nathaniel wieder das Gespräch auf. "Deine Katze heißt tatsächlich so?...meine Katze sollte ursprünglich auch nach dem Mond heißen, jedoch in der italienischen Form: *Luna*, da ich den Mond seit jeher liebe, und meine Katze auch als Begleiterin meiner Welt, wie also auch der Mond der Erde Begleiter ist, sah und sehe... Sie aber hat sich dagegen entschieden und darum heißt sie nun Lana." erklärte Nathaniel viel zu ausführlich und vor allem, ohne zu wissen, ob sein Monolog denn überhaupt vernommen wurde.

Wahrlich, die Worte des Nathaniel waren nicht in die lichthöfischen Abgründe gestürzt, sondern hatten tatsächlich Gehör gefunden, waren also jenseits des Lichthofes angekommen. Alsbald hallte es also entgegen...

"Meine Katze heißt nicht LÜN, sondern Lune, du musst erheblich an deiner Aussprache französischer Namen arbeiten! Meine süße Lune, hat ihren Namen erhalten, weil sie heuer, am 21.1. zur Welt kam, und weil genau an diesem Tage der *Lune de*...also der Blutmond zu sehen war, weshalb ich sie gelegentlich auch *Lune de Sang* heiße. Der Weg von der roten Katze zum roten Mond war ein ebener, und so lag der Name quasi auf der Hand beziehungsweise auf der Pfote! Dass *Lune* besser klingt als *Mond*, wage ich jetzt einfach mal so in den

Raum zu stellen und schließlich hattest auch du eine andere Sprache für ein und dasselbe Wort gewählt, zumal Französisch ja aber meine Muttersprache ist. Der Mond trägt die Farben der Nacht, einmal gelblich, dann wieder bläulich und hüllt er sich, wie zumeist, in den Schatten des Himmels, so trägt er auch hauptsächlich schwarz. Immer aber bleibt er natürlich unser Mond, welche Farben er auch tragen mag. Und nicht anders verhält es sich doch mit seinen Namen. Viele Farben und Namen, die doch immer wieder auf einen Punkt zusammenlaufen...auf jeden *Punkt*, der da oben über uns wacht!"

Nathaniel gefiel es sehr, dass sein Gegenüber von *Hand und Pfote* sprach und der Mond in Frankreich oder Italien offenbar (wenn auch nur scheinbar) stärker zu leuchten schien als im deutschsprachigem Raum und natürlich generell die Tatsache der Liebe zur Philosophie und erstrecht zu einer Katze, wenn diese auch im Moment auf fremden, die Wärme des Tages tragenden Blechdach ihre Pfoten wärmte.

"Wie ist dein Name?" warf Nathaniel den verbalen Ball zurück. Die Nacht aber schwieg. Einzig der kleine wuschelige Blutmond raunzte vor sich hin und Nathaniel an. Was war geschehen? Wo war die *süßliebliche* Stimme nur geblieben? Warum antwortete sie nicht, und warum rief sie zumindest das Kätzchen nicht zu sich? Nathaniel konnte auch keinen Rauch mehr erblicken, ja, es war ihm tatsächlich, als fröre er ein wenig, ob der nun fehlenden Wärme der Zigarettenglut. "Hallo" schrie er nun recht unsanft in Richtung der eben noch dagewesenen scheinbar schwebenden Zigarette, doch keine Antwort war zu vernehmen. Nathaniel lugte tatsächlich weiter als man es Kindern erlauben würde, über den Brückenzaun zu blicken, in den Lichthof, der in diesem Moment doch mehr als *Finsterhof* zu bezeichnen gewesen wäre. Ob Lunes Frauchen abgestürzt sei? Nein, das hätte er dann wohl doch mitbekommen. Schreie, Aufprall und bestenfalls noch Hilferufe hätten seine Aufmerksamkeit auf sich gezogen. Dem war aber nicht so, denn nichts und wirklich nichts war zu vernehmen gewesen, was Nathaniel erstmal an eine etwaige Toilettenpause denken ließ. Sieht man jedoch von einem schwer im Magen liegenden Abendessen, etwa im Café unten am Eck ab, so hätte besagte Toilettenpause schon längst enden müssen, dachte Nathaniel. Was sei zu tun? Vor allem: das schnurrte und liebkoste ihn ein kleiner Plüschmond, dem Anschein nach schon wieder ganz auf sein Frauchen vergessen habend und mittlerweile machte es auch nicht mehr den Eindruck, als hätte es Sinn, auf die Stimme aus der Dunkelheit zu warten.

Nathaniel fror und er war müde, zudem war die Weinflasche geleert und sein Kopf dementsprechend gefüllt. Er wollte ins Bett...sofern es nicht von Lana belegt war. Schlafen wollte er auf jeden Fall, sei es, wie in letzter Zeit öfters der Fall, auf Lanas Fleecedecke auf dem Boden.

Noch einmal wagte er den Versuch, sein Gegenüber verbal zu erreichen, indem er erneut laut "Hallo!" und "Hallo...deine Katze ist ja immer noch bei mir!" schrie. Jedoch: die Nacht schien ihm kein Gehör zu schenken. Das einzige, was sie ihm schenkte, war ein rotes kleines, hungriges Wesen, das plötzlich auf tragische Weise noch müder als Nathaniel geworden zu sein schien, weshalb dieser es liebevoll auf seinen Arm nahm, zwischen linkem Ring- und Mittelfinger die leere Weinflasche einklemmte, ehe er das Kätzchen auf seinen linken Unterarm in den Schlaf balancierte. In seiner rechten Hand trug Nathaniel die Kerze, den Reiselautsprecher und den Wohnungsschlüssel.

rote pfoten

Was wohl Lana sagen würde? Nathaniel wurde nervös, ja richtig unruhig, sodass er beinahe die eingeklemmte Flasche fallen gelassen hätte. Wäre Lune doch nur ein kleines, rotes Hündchen, dann wäre alles in Butter. Hier aber handelte es sich unübersehbar um ein Kätzchen, um ein kleines knallrotes Kätzchen, das sogar in finsterer Nacht noch zu leuchten schien. Freilich hielt es sich auch für ausgesprochen süß und einzigartig. Achja, und für Gäste macht man doch schon einmal das eigene Bett frei....

Nur: Wie dies Lana beibringen? Nathaniels Nervosität stieg ins Unermessliche und lächerlicherweise zuzelte er nochmal an der bereits geleerten Weinflasche, in der Hoffnung, doch noch einen letzten Tropfen des Mutes aus ihr heraussaugen zu können. Ja, er hatte wirklich Angst, unser Nathaniel, und diese Angst wuchs mit schrumpfenden Alkoholpegels. Lana würde ihn faschieren, bestenfalls! Gewiss würde er kein Auge zu machen können. Wo solle der kleine *Vollmond* nur schlafen? Was, wenn Lana Lune begegne? Würde der Begriff Blutmond augenblicklich eine ganz andere Bedeutung bekommen? Nicht auszudenken!!

Was aber blieb Nathaniel anderes übrig, als den kleinen roten Knopf einzupacken und sich mit ihm in die Wohnung zu begeben? Vielleicht war das Katzenfrauchen ja auch nur eingeschlafen. Immerhin eine Möglichkeit, und Nathaniel wusste, woran er dachte, denn nicht nur einmal war es ihm passiert, dass er beispielsweise mit dem Buttermesser in der linken und der Butter in der rechten Hand vor einem Stück Brot eingeschlafen war. Der werfe das erste Stück Butter....

Lana träumte vom gestiefelten Kater, in den sie seit ihrer Kindheit unsterblich verliebt ist und von dem sie heimlich immer noch hofft, dass er ausgerechnet eines Tages vor ihrer Katzentüre stehen und sie entführen wird. Entführen in das Land jenseits der stupiden Menschheit, in ein Land, in dem Menschen nicht *versuchten* und also verseuchten. Ein Land also, in dem sie nicht auf jämmerliche Weise danach strebten, sich die Katze untertan zu machen und in der Fleecedecken maximal dazu dienten, ein Lagerfeuer zum Brennen zu bringen (denn brennen tun dieser Dinger ja ganz sauber). Lana träumte von einer Welt, in der es endlich wieder Röhrenbildschirme gibt. Da kann sich jede Fleecedecke höflich verabschieden. Kam es zur Katzensprache, so rühmte sich

Lana stets ihres Witzes: "Wie nennt man das Personal, das es im Winter allzu gut mit seiner *Pfotheit* meint und im ganzen Raum Fleecedecken verteilt? Fleecenleger!" Ja, es kommt vor, dass Lana vorm Spiegel steht/kauert/lümmelt/sich wälzt...aber jedenfalls stolz auf ihr Witzchen ist und nicht aufhören kann, darüber zu lachen. *Pfotogramme* von Lana sind eine Seltenheit und dementsprechend teuer. Teurer wird es wohl noch werden, wenn erst ihr erster Roman " Dreh 'n Sie sie sich um, Frau Pfot" erschienen ist. Ja, Lana war und ist eine kleine *Pfoetin* und in Gedanken stehen ihre *Pfoesiebücher* auch schon in allen namhaften Auslagen. Würde der Dummkopf von Nathaniel, wie Lana oft denkt, nur die Sprache (se uan end onli in se wörld) verstehen, so könnten die beiden wesentlich besser leben als momentan.

Die Pfoetin und ihr Überpfetzer....

Natürlich ist es traurig, dass das Bodenpersonal am Boden schlafen muss (andererseits - man will - zumindest aber - sollte ja seinem Namen auch schon gerecht werden!). Wenn aber das billige Bodenpersonal nichts zu seinem eigenen Glück beitragen kann (oder will), so müsse es eben weiterhin auf dem Boden schlafen und versuchen, sein Geld mit lächerlichen Pfoto...äh...Fotoausstellungen zu erwirtschaften.

Grund und Boden zu besitzen, wird ja oftmals begehrt.

Sich dann aber dorthinein zu genieren...?

Ja, plötzlich würden viele dann doch gerne nur mieten.

Nathaniel hatte große Mühe, nirgendwo dagegen zustoßen, geschweige denn etwas fallen zu lassen, allen voran natürlich den Wollknäuel auf seinem linken Unterarm. Alles ging gut, und so geschah es auch, dass Lana nicht geweckt wurde. Nathaniel überlegte nicht lange, schupfte das rote Katzerl auf das Bett, rollte es in die Gästefleecedecke ein und beobachtete es noch eine kurze Weile. Das Gästekätzchen aber zeigte keine Reaktion mehr, vielmehr war es längst eingeschlafen. Hineingedrückt in einen weichen, samtigen Polster, Lanas! und mit den Pfoten einen blauen kleinen Plüschesel (auch Lanas) umklammernd.

Nathaniel war einfach zu müde, um *Lün* etwa das Plüschding zu entreißen. Lana schliefe sowieso, warum also darüber nachdenken!?

Von schlafenden Hunden haben wir ja bereits gesprochen und auch von schlafenden Katzen...haben wir aber eigentlich auch schon schlafende Lanas erwähnt?...

zweikampf

Schon oft hatte er Lanas Krallen sich in sein Fleisch einhaken spüren, um hernach dann darin förmlich zu wühlen, bis er wirklich jede einzelne Katze bis ins hinterste Tal des letzten Erdwinkels verwünschte und einem Haufen wildgewordener, auf sie hetzenden Jagdhunden gedanklich den Freibrief gab, sämtliche Leben derer jeweils mit der Zahl neun zu subtrahieren. Was Nathaniel aber an jenem Morgen widerfuhr, war tatsächlich in Worte nicht zu fassen und dafür hätten auch keine 53 Leben (pro Katze) gereicht. Lana hatte sich auf ihn gestürzt, jedoch nicht, wie gelegentlich, von Emotionen übermannt - beziehungsweise *überkatert* - mit eingezogenen und also samtweich-lieblichen Pfoten, sondern mit frischgeschliffenen, nach Frischfleisch gierenden Krallen. So wachte er auf - und er konnte wahrlich von Glück sprechen, dass er überhaupt noch aufwachte - durch Lanas Krallen in seinen Wangen. Sie war gerade dabei, in seine Nase zu beißen, als Nathaniel unter Schmerzen seine Augen öffnete und in grüngelbfunkelnde Augen, in denen er sich ungebürstet widerspiegelte, blickte. Lana zuckte tatsächlich erschrocken einen Augenblick zurück, was Nathaniel eine Sekunde Vorsprung verschaffte und ihn blitzschnell nach den Vorderpfoten seines Plüschgegners greifen ließ. Begleitet von einem unüberhörbaren Fauchen schlug Lana zugleich mit den Hinterpfoten aus und traf Nathaniel durch flinke Bewegungen gleich viermal auf die Nase, was diesen kurz zurückfallen ließ und ihn für zwei Sekunden in den Boxenstopp schickte. Diese zwei Sekunden reichten Lana aus, um sich von den ohnehin noch schwachen Menschenhänden zu befreien, und mit allen Vieren mehrmals auf Nathaniels Bauch zu hüpfen, ihn an den Unterarmen zu kratzen und ihn schließlich genüsslich in den Oberschenkel zu beißen. An Weiterschlafen war freilich schon länger nicht mehr zu denken, und auch nicht an einen gemütlichen, geschweige denn überhaupt einen Kaffee. Nathaniel kam wieder zu Bewusstsein und griff nach Lana, erwischte sie unter den Vorderpfoten und hob sie hoch. Lanas Vorderpfoten fielen aus, aber ihre Hinterpfoten versuchten alles, um sich wieder aus dem Griff zu befreien. Und wahrlich, es schmerzte sehr. Nathaniel aber ließ seine geliebte Lana nicht los, bis diese endlich nachgab und ihre Hinterpfoten fallen ließ. Sie blickte ihr Personal, das sie in diesem Moment gerne dahin zurückschicken wollte, wo es herkam, ehe es ihr, Lana dienen durfte: ins lebensunwürdige, nichtssagende, nichts versprechende, hilflose, erbärmliche NICHTS! Sie blickte Nathaniel mit ihren übergroßen Augen an und schnaufte ihm ins Gesicht. Der Kampf war kein einfacher gewesen, alle Waffen waren zum Einsatz gekommen, die Kräfte waren erschöpft. Die Schlacht, nicht aber der Krieg, waren verloren, dessen war sich Lana sicher. So sicher, wie, dass es wirklich keinen Spaß macht, körperlich überlegene Untertanen zu besitzen...

katzastrophe!

Sie hatte ihn offensichtlich schon entdeckt, den kleinen, feurigen Paprika, den Nathaniel in der Nacht am Dach "geerntet" hatte. Lana schien es also tatsächlich getroffen zu haben, nicht, wie üblich, von Nathaniel mit einem sanften Küsschen aufs Haupt geweckt, sondern von einem roten *Morgensönnchen* liebkost und dann auch noch abgeschleckt zu werden. Lana die Große und die kleine Chilischote, deren Farbe alleine ja schon für Hohn und Spott ausreichen würde, um darüber einen Roman zu schreiben. Einen blutbefleckten Krimi eher. Schön rot auf jeden Fall...

Ein Hündchen, ein Hamster, ein Eichhörnchen, ein Meerschweinchen, ein Gecko, ein Fisch, ein Vogel, ein Marienkäfer, ein Hamster - hatten wir den schon? - naja, auf jeden Fall so ziemlich JEDES Tier hätte Lana wecken dürfen, solle es nun mal sein, und jedes dieser Tierchen hätte sie sich als Frühstück zubereitet, nicht aber ausgerechnet IHRESGLEICHEN! Wer bitte möchte schon wissen, wie er selber schmeckt? Eine Katzastrophe! Wie anders hätte Lana also reagieren sollen? Nathaniel hatte offensichtlich ja auch mit einem unsanften Erwachen gerechnet, wozu sonst hatte er wohl mit Knieschützern und Sturzhelm geschlafen? Das Visier hätte er wohl besser herunterklappen sollen...

Er wusste freilich, welch Risiko er eingegangen war und eigentlich war es auch an ihm, sich zu entschuldigen, sich aus tiefstem Herzen von Lana zu räkeln und ihr um die Pfoten zu kriechen, aber momentan saß er nur so in seinem Bett, Lana immer noch fixiert und ernst angesehen habend. "Guten Morgen, mein Schmusekätzchen!" begrüßte er in provozierendem Unterton seinen Wollknäuel. Dieser aber sah Nathaniel nur noch verächtlicher an und versuchte sich, ruckartig aus seinem Griff zu befreien, was jedoch scheiterte und Nathaniel ein "Na, wollen gnä´ Fräulein etwas Morgensport betreiben? - soll ja sehr gesund sein!" entlockte. Lana war nun gänzlich angefressen und sie tat, was sie in solch seltenen, aber doch immer wieder vorkommenden Situationen am besten konnte: sie ignorierte Nathaniel. Sie wusste, dass dies immer *zog*, und ihn am meisten schmerzte. Mehr noch, als ihre Krallen in seinem Gesicht. Aber manchmal muss man sich eben für die zweite Möglichkeit entscheiden, denn vor einem schlafenden Nathaniel zu sitzen und ihn zu ignorieren hätte wohl nicht denselben Effekt gehabt, wie ihn durch den Fleischwolf zu drehen. Man will seine Arbeit ja schließlich gewissenhaft, ordentlich und sauber erledigen!

Dass Nathaniel sie immer noch im Griff hatte, war Lana natürlich bewusst weshalb sie - wenn auch nur auch für den Moment - das arme Kätzchen zu markieren hatte. Mitleid zieht immer. Große Augen, vielleicht sogar ein erzwungenes Schnurren und jede Menge Reumütigkeit waren momentan gefragt. Nichts leichter als das für Lana. Stundenlange Proben vor Lauras geschmacklosen Spiegel hatten sich nun endlich bezahlt gemacht.
Nathaniel blickte in unendlich große, nach Entschuldigung flehende Augen, die schließlich auch stolz das eigentliche Ziel, nämlich, dass Nathaniel sich selbst bei Lana entschuldigte, erreichten. Er setzte Lana liebevoll auf seine gestreifte Fleecedecke die er zuvor ordentlich zurechtgestrichen hatte, streichelte sein geliebtes Kätzchen (das sofort zu Schnurren aufgehört hatte - war es nun doch nicht mehr notwendig), und begann schüchtern in unterwürfigem Tonfall zu stammeln...
"Du musst verstehen, Lana, du hattest schon geschlafen und ich wollte dich natürlich nicht wecken, aber da war dann

plötzlich dieses kleine sü...äh...diese kleine Katze, die mir wie aus allen Wolken in den Schoß gefallen war. Sie war sichtlich hungrig und müde und schüchtern obendrein, denn sie hat - ich schwöre es dir - kein Wort mit mir gesprochen. Was hätte ich denn tun sollen? Verstehst du mich ein bisschen, Lana? --- Laaana?"

Lana verstand sehr gut, doch sie fand es besser, Nathaniel erst einmal in Ungewissheit, und ihn nicht mit einem sicherlich schon vorher zurechtgelegten Monolog davonkommen zu lassen. Sie wusste natürlich, dass Nathaniel für ihr Futter und generelles Wohlbefinden beauftragt war, weshalb es schon Sinn machte, trotz aller Unverschämtheiten in *Zeiten wie diesen* (über das Personal wurde ja bereits gesprochen), Gnade vor Recht walten zu lassen. Der Täter war geständig und zum Bußgang bereit. Was also sei dagegen einzuwenden, wenn besagter Gang etwa in einer Tierhandlung endete, bestes Katzenfutter und vielleicht sogar einen neuen Kratzbaum für Lana mit sich brächte und aller bestenfalls sogar ein kleines, rotes Kätzchen als Bezahlung akzeptierte...?

lana del grey

Lana schloss ihre Augen und schien offensichtlich zu schlafen, was sie freilich keineswegs tat. Im Moment aber schien es ihr die beste Möglichkeit, nicht auf Nathaniels jämmerliche Erklärung, um nicht zu sagen *Ausrede* (bestenfalls, denn von Entschuldigung sei natürlich keineswegs zu sprechen) zu antworten, noch hatte sie Kraft für eine zweite Runde im Ring und überhaupt beschloss sie, erst wieder mit Nathaniel zu kommunizieren, wenn die *Cocktailtomate* verschwunden sei. Nathaniel wusste natürlich Lanas Reaktion zu verstehen, und so ließ er auf der Decke liegen, beschloss, sich nun doch erstmal einen Kaffee zu machen und nach dem Kätzchen zu schauen. Nun, den Kaffee hatte er wie gewohnt im linken oberen Fach des Küchenregals gefunden, das rote Kätzchen aber war weder dort noch irgendwo anders in der Wohnung zu finden. Die Fleecedecke, in die er das Kätzchen vor ein paar Stunden wohl erst eingepackt hatte, lag am Boden wie auch Lanas kleiner Kuschelesel. Vom Kätzchen aber, wie gesagt, keine Spur. Hm!? Erst einmal Kaffee! Das Kätzchen, so war sich Nathaniel sicher, hätte sicher ein Versteck unterm Kasten oder hinter der Kommode gefunden, denn schließlich hätte es auch sicher Angst vor *Lana Del Grey*.

Der Kaffee war geleert, Lana schien immer noch den Morgen verschlafen zu wollen, Nathaniel musste die Wohnung in Bälde verlassen doch das Kätzchen war nicht aufgetaucht. War es etwa gar untergetaucht? Erschrocken blickte Nathaniel in die Badewanne, in der er aufgrund seiner defekten Waschmaschine seine besten Jeans eingeweicht hatte, um sie am nächsten Tage in einer zweiten "Wäsche" im Waschbecken rein zu bekommen? Zum Glück! Das Wasser in der Badewanne brachte nur die tiefblauen Seelen des Jeansstoffes zum Leuchten. Kein rotes Fell in blauem Wasser, keine rote Lune, die darin gebadet hatte und also zu Lila umgetauft gehört hätte. Wo aber hatte sie gesteckt? Nathaniel war besorgt und innere Unruhe durchzog seine Augenbrauen. Ob Lana mehr wusste? Da er aber auf dem Weg zu seinem Galeristen war und sein neues Sakko nicht aufs Spiel setzen wollte, beschloss er, Lana besser nicht zu befragen.

Der Dachboden, na klar! Vielleicht hatte das Kätzchen einfach nur den Weg zurück gesucht. Und siehe da - tatsächlich war die Wohnungstüre einen Spalt offen gewesen. Ob er vergessen hatte, sie zu schließen? Nun, möglich war es natürlich gewesen. Er erinnerte sich schließlich an das Betreten der Wohnung zu nächtlicher Stunde, in der seine Hände und sein Kopf voll gewesen waren. Ja, *Rudolphs Näschen* war wohl auf diesem Wege ganz einfach wieder nachhause getrabt. Das schien logisch und sei zudem durch Lanas höchst wahrscheinliche Gutenmorgenwatsche, die wohl das Kätzchen den kürzesten Weg ins Freie suchen ließ, nachvollziehbar. Nathaniel war nun beruhigt, beugte sich über Lana und küsste sie liebevoll auf das Hinterköpfchen, in der Hoffnung, sie nicht zu wecken, ehe er die Wohnung, gleich auf Katzenpfoten, verließ.

Lana, die keineswegs geschlafen hatte, öffnete jedoch, sobald die Türe ins Schloss gefallen war, sofort ihre Augen. Von mehreren Gefühlen war sie augenblicklich befallen. Da war einmal das Gefühl des Hungers, das sie beschlichen hatte, dann war da diese verhasste Fleecedecke, die ihre Haare derartig elektrisiert hatte, sodass ihr eine gewisse Ähnlichkeit mit Beethoven nicht mehr abzusprechen waren, aber vor allem war das dieses neuartige Gefühl, das in ihr kribbelte. Das Gefühl der Neugier. Wohin war das rote Kätzchen, dem sie, Lana, die Tür geöffnet hatte, um es mit einem Pfotentritt aus ihrem Reich zu befördern, wohl hin galoppiert? Viel hatte Lana nicht sehen können, denn alles war sehr schnell gegangen, und so kleine rote *Paprikasnips* fliegen dann auch schon mal ein Stückchen, bekommen sie den nötigen Schwung. Auf jeden Fall aber hatte es sich, so viel hatte sie sehen können, treppaufwärts bewegt...

Was mochte hinter der Türe an der dreizehnten Stufe sein? Ob es etwa eine Welt dahinter, eine vierzehnte Stufe gäbe?

jedem ende seinen anfang

Nathaniel hatte mit letztem Atem und offensichtlich letztem Schrei an Mode, seinen, mit Begeisterung aufgenommenen, Anzug betreffend, die Galerie betreten. Es war eine kleine Galerie, unbekannt den Spaziergängern, bekannt den Kulturinteressierten, hochgeschätzt von Künstlern, und solchen, die es werden beziehungsweise als solche endlich erkannt werden wollten. Die "Galerie am Eck - mit Ekk und Kant". Nathaniel war zu einem Gespräch bezüglich seiner nächsten Ausstellung eingeladen worden. Wovon die Ausstellung denn erzähle, mit welchen Arten von Exponaten zu rechnen sei, welcher Zeitraum für die Ausstellung geplant sei und ob es gar schon ein einen Titel gäbe, wurde unser Nathaniel da etwa befragt, und weiter, ob wieder, wie üblich, mit Audio-Dokumenten zu rechnen sei und ob auch diesmal wieder eine ausgediente Postkutsche aus dem 19. Jahrhundert eine tragende Rolle spiele wurde er gefragt.

Die Räume hatte er längst organisiert, und nun war der Tag der Vernissage im kommenden Winter mit immer größeren Schritten Nathaniel entgegengelaufen, sodass dieser nicht wusste, auf welche Art und Weise ihm, dem großen Tag nun entgegenzutreten sei.

Nein, nein, er hätte ganz genaue Pläne, es würde eine Ausstellung *über einen gewissen Zeitraum mit allen seinen Taten und Zutaten*, so Nathaniel. Bilder. Alleine Bilder würden ausgestellt werden. Alles einfach gehalten. Einfach zu verstehen, zu verzerren. Von *leichter Kost und einfachen Rezepten* hatte Nathaniel gesprochen, freilich, ohne dabei auf allzu großes Verständnis seitens des Galeristen zu stoßen. Wolle er, Nathaniel, die *Galerie am Eck* nicht um die Ecke bringen, so wäre Ekkehardt Kant, der Galerist, doch schon über etwas mehr Information, die Ausstellung betreffend, dankbar. Nathaniel wusste, dass er etwas zu sagen hatte, etwas, das sich bestenfalls von der tatsächlich stattfindenden Ausstellung dann auch nicht allzu viel unterscheidet. Ekkehardt hatte nämlich seit einigen Monaten nicht nur das Amt des *Galeristen des Vertrauens* inne, sondern rühmte sich neuerdings auch der Bezeichnung Agent. Dies machte er eigentlich eher "nebenbei", als langjähriger Freund Nathaniels aber wurde Ekkehardt nun nach einer bis zum Grundwasser triefenden Gin-Tonic-Nacht durch die Bars in den umliegenden Gassen seiner Galerie das Amt des Agenten anvertraut. Und *Ekke* machte sich nicht schlecht darin, wie alsbald zu bemerken gewesen war. Im Netze der Kultur festgefangen und verknotet, konnte er Nathaniel bereits zu einigen lukrativen Ausstellungen verhelfen, verstand es, seine Kontakte auch hervorragend zu Werbezwecken zu nutzen und obendrein hatte er selbst schon einige Werke des Nathaniel erstanden. Dass Nathaniel ihm also einige Antworten schuldig war, konnte Ekke niemand verdenken.

"Eine Ausstellung also über einen Zeitraum?" bohrte Ekke nach. Natürlich, hatte Nathaniel gedacht, ist dies keine zufriedenstellende Antwort. Was bedeutet denn schließlich schon Zeitraum? Ist nicht jede Handlung schon ein Zeitraum für sich? Eine Handlung beginnt, wird durchgeführt und endet. Voilá, da wäre er schon, der Zeitraum. Und dafür braucht es keine Türen oder gar Zäune, wie etwa in einem Gehege, in dem Pferde ihre Runden drehen müssen, weil es nun mal keine Gerade gibt. "Zeitraum - Reitzaun" schoss es Nathaniel ein. Nein, Zeiträume mit offenen Grenzen, vielleicht durch Gänge getrennt oder viel eher noch einfach durch "gedachte Linien"...und wieder hatte Nathaniel Gefallen an einem eben spontan entsprungenen Titel für etwas nicht Existierendes gefunden...

Wie also wäre aber im konkreten Fall der Zeitraum zu definieren? Nathaniel blickte in Ekkes Augen, blickte wieder in sich, blickte auf die Zeit mit Laura, an das Ende und an den Anfang (ja, tatsächlich in dieser Reihenfolge) und sagte:

"Jedem Ende seinen Anfang". Wo ist der Anfang oder das Ende einer Kugel und ist es nicht dieselbe Frage, den menschlichen Körper betreffend?", philosophierte Nathaniel. Ein Punkt bleibt ein Punkt, egal, von welchem Blickwinkel aus er betrachtet wird. Gibt es zwei Punkte aber, so kann man sich schon die Frage stellen, von welchem Punkt aus die Gerade zum anderen gezogen wurde. Ekke grübelte einen Moment über diese Aussage nach, ehe er seine Hand hob. Nathaniel wusste nicht, was ihm sein Gegenüber damit nun deuten wollte, denn Ekke hielt die Hand ziemlich waagerecht, von sich gestreckt, zweifelsohne aber zu hoch, um sie ihm, Nathaniel, reichen zu wollen, Plötzlich hob er die zweite Hand, streckte sie von sich und ließ beide Hände fest aneinander klatschen.

"Und klatschen kann man auch nicht mit einer Hand...zwei aufeinanderprallende "Punkte". Du bist der eine, Nathaniel, ich die andere. Lass es klatschen...denn sonst muss meine Faust alleine auf den Tisch hauen" sagte Ekke, nicht ohne beim Nachsatz ein dezentes Lächeln auf den Lippen tanzen zu lassen.

farbelwesen

Nathaniel hatte beim Verlassen der Galerie das unbeschreibliche Gefühl der Zufriedenheit. Ekke hatte ihm Vertrauen geschenkt und er, Nathaniel, würde ihn auch diesmal nicht enttäuschen. soviel war klar. Nun hieß es also,

73

aus abertausenden von Fotografien des letzten Jahres eine Ausstellung zu kreieren. Das dies freilich bedeuten würde, besagte/bedachte abertausende Fotografien auch dann tatsächlich durchzusehen und also abertausende Male in Lauras Augen zu sehen, daran hatte Nathaniel noch nicht gedacht. War er denn überhaupt dazu schon bereit gewesen? Laura war immer gerade einmal *einen Monat oder so* weggewesen und das wiederum gab Nathaniel den leichten Trost, dass es eigentlich ja dann auch nur die Bilder der letzten elf Monate seien, die er durchzusehen hatte. Tatsächlich war es kein Jahr gewesen, das Laura an seiner Seite verbracht hatte und doch hatten diese elf Monate mehr Kraft, mehr Farben und schließlich mehr *Leben* in sein Leben gebracht, als vermutlich die letzten elf Jahre davor. Intensität braucht keine Zeit, sie braucht den Moment. Nathaniel war, ehe er mit Laura unzählige Male bei Kerze, Whisky und Mond auf dem Dache gesessen hatte, beispielsweise nie zuvor aufgefallen, dass das Dach eigentlich grün gewesen war. Zuvor hatte er es einfach immer als graues Blechdach im Kopf gehabt und auch den Rauchfang hätte vor Lauras Gegenwart nie mit einer Farbe benennen könne. Irgendetwas zwischen braun und grau, hätte er wohl gesagt, wäre er gefragt worden. Das tatsächliche Knallrot der Rauchfangziegelwand hatte er nie als solche erkannt. Als hätte Laura ihm eine Brille aufgesetzt, durch die er nun erst alle Farben (und mit Sicherheit nicht nur die Farbe Rosa) in ihrer Vielfalt sehen könne, hatte Nathaniel sich oft gefühlt. Nicht grundlos hatte er deswegen Laura auch oft sein

Farbelwesen genannt. Ja, es war schon so. Laura schenkte ihm gleichermaßen das bunte Leben und den schwarzen Tod. Sie beatmete ihn und saugte zugleich die letzte Luft aus seinen Lungen, umarmte und erdrückte ihn. Ja, Laura war so süß, dass Nathaniel von ihr zuckerkrank wurde, sie saugte ihn ein in ihr Märchen und spie ihn, gleich einem Drachen, mit einem Feuerschwall wieder aus. Verbrannte bunte Kohle. Nordlichtfarben, vom Mond verbrannnt, vom Eis gelöscht. Bunte, kalte Kohle...

Laura zündete Kerzen an, öffnete eine Flasche Honigwhisky, nur um Nathaniel damit zu übergießen und ihn hernach anzuzünden. Und dennoch: er hatte sie geliebt. Hatte sie geliebt, wie man eben Whisky, von dem man weiß, dass er ja doch nur der Gesundheit schadet, liebt, war gierig auf Zucker, obwohl er von seiner Schädlichkeit bestens Bescheid wusste, spielte mit Kerzenlicht ohne an die Gefahren dabei zu denken. "Messer, Gabel, Laura, Licht"....

salz und zucker

Aufarbeiten anstatt abarbeiten müsse er wohl den "Haufen Laura", der nun am Wege seines Lebens lag und ihm das Weiterkommen erschwerte, wenn nicht unmöglich machte. Nathaniel dachte am Heimweg über die unzähligen Bilder der *Periode* mit Laura nach. Tatsächlich hatte Laura noch zu gemeinsamen Zeiten bei einem der unzähligen Kerzenschein-Abendessen einmal dieses Wort noch eher als die Gabel mit dem Kürbiskernölsalat darauf in den Mund genommen. Das Gefühl hätte sie, so Laura damals, dass diese Zeit, diese Momente, dieses Alles mit Nathaniel nur eine *Periode* sein könnte. Schon öfters hätte sie dieses Gefühl heimgesucht, meist kurz vorm Einschlafen oder nach dem Aufwachen, nun aber genau in diesem Moment, im Kerzenschein am Tisch sitzend, Nathaniel in die Augen schauend. Auf Nathaniels Frage, wie das denn genau zu verstehen sei, spräche Laura nun von einer "Periode", hatte diese ihre eigene Aussage lediglich abgetan und als belanglose, wahrscheinlich fehlgeleitete "Stimmung" im Raum liegen lassen, bis Nathaniel sie, umringt von Lanas Katzenhaaren, am folgenden Tag ganz einfach mit dem Staubsauger weggesaugt hatte. Es war nie wieder ein Wort darüber verloren worden. Nathaniel aber hatte es freilich nicht vergessen. So hatte er, ähnlich wie Laura, vor dem Einschlafen und nach dem Aufwachen stets an diese Worte, eigentlich ja nur an dieses eine WORT gedacht. Eine Periode ist schließlich ein vorgegebener Zeitraum. Sie ist ein Anfang mit dem Ende vor Augen. Man betritt also einen Raum und verlässt ihn schließlich wieder, egal, ob durch eine Türe, ein Fenster oder indem man einfach eine Linie überschreitet. Es ist, wie eben im Gespräch mit Ekke, von Anfang und Ende die Rede. Man kann es drehen, wie man will.

Der Anfang, wie meistens im Leben, ist schön, spannend, verspricht Geheimnisse, die zu entlüften es gilt, macht Lust auf Unbekanntes aber lässt zugleich, denkt man beispielsweise an einen spannenden Kinofilm, an das Ende denken, hält uns also die Endlichkeit bereits zu Beginn vor Augen und versüßt uns dieses Ende einzig durch die Unwissenheit des WIEs darüber. Der Anfang also steht doch meistens in direktem Bezug zum Ende, ist das tatsächliche Gegenstück dessen. Nichts soll schwerer wiegen und auch nicht leichter. Anfang und Ende liegen jeweils auf einer Schale der Küchenwaage. Wiegen sie beide in etwa gleich, dann können wir uns schon glücklich schätzen. Nimmt man den Anfang also in Kauf, so kauft man in Wahrheit doch auch schon das Ende mit. Wozu also sich beschweren? Geht man ins Kino, so ist doch schließlich schon im Vorhinein klar, dass der Film nach einer gewissen Zeit auch wieder endet. Einzig die Gegebenheit, ob man in eine Komödie oder Tragödie geht, ist leider nicht immer selber zu entscheiden, denn manchmal wird man vom Leben einfach auf Restplätze da- oder dorthin verwiesen. Da sitzt man eben schon mal leider auch im falschen Kinosaal. Popcorn und Cola aber gibt es zumindest immer!

die vierzehnte stufe

Dreizehn Stufen sind freilich nicht allzu viel, nimmt man gemächlichen Schrittes eine nach der anderen, Lana aber nahm mit Schwung gleich drei Mal vier Stufen auf einmal, weshalb nach der zwölften Stufe auch nur noch eine und nicht mehr vier Stufen zu überwinden waren. Lana aber hatte den Schwung für vier eingeplant und schließlich auch ausgeführt, was sie, sich gerade auf hohen Bogen befindend, mit halber

Wucht gegen die angelehnte Holztür zum Dachboden platschen ließ. Ihr ungewollter Erstkontakt zu besagter Türe ließ selbige sich sogleich öffnen und Lana selbst nach einem Salto direkt in den Dachboden bis hin zum hölzernen Pfosten rutschen, diesen unsanft küssen und zum Stillstand kommen. *Aua!* Sie richtete sich aber sofort wieder auf und blickte um sich. Wo bitteschön war sie (unsanft) gelandet? Und wie sah es hier überhaupt aus? Kein Ofen, kein Fernseher, keine Couch, kein Teppich... Lana verschluckte die letzten Gedanken gemeinsam mit dem durch ihre Landung aufgewirbelten Staub, denn es hatte gar keinen Sinn, aufzuzählen, was es hier alles *nicht* gab, gab es hier doch *alles* nicht. Eines aber gab es, das Lana sehr gut kannte, wenn auch sicher nicht in dieser Version: ein Fenster! So schlängelte sie sich also vorbei an all den Holzsäulen, an Stapeln von Ziegeln und sogar an einem Vogelschädel (*igitt!*), bis sie schließlich beim Fenster angekommen war. Auch hier lagen eine Menge Ziegelsteine. Drei dieser Ziegelsteine waren zu einer Stufe aufeinandergelegt, sodass man als Mensch etwa leicht das Fenster erreichen konnte. Lana freilich bräuchte eine solche lächerliche Stufe nicht, aber diese Stufe lag da nicht nur einfach so grundlos vor ihr, wie vieles andere, das Menschen ebenso gerne herumliegen lassen und Katzen doch immer nur im Weg liegt. Nein, hier handelte es sich um etwas ganz Anderes. Lana erstarrte! Vor ihr lag die VIERZEHNTE STUFE und darüber das Fenster in eine andere Welt! Mit einem eleganten Sprung landete sie auch schon am Fensterbrett. Sie musste etwas balancieren, um Halt zu finden, ehe sie ihren Blick nach vorne richten konnte...

Es war so wunderschön, was da vor ihren Augen lag. Schier endlos blauer Vierzehnter-Juni-Himmel, wolkenlos, leuchtend, schweigsam nach Freiheit schreiend. Und dann erst die unzähligen Dächer und Türmchen und Baumkronen. Freilich kannte Lana einen ähnlichen Blick von der darunterliegenden Wohnung und doch war der Ausblick nicht zu vergleichen. Alleine der Wind im Fell, diese Gerüche nach Tauben und Sommerhitze, die uneingeschränkte Sicht über die Dächer und schließlich dieses heiße Blechdach. Was die Menschen wohl nur hätten mit diesem *Dach, Katze und so*. Lana blickte um sich, erspähte einen knallroten Rauchfang, der ihr irgendwie gefiel, sie aber doch zu sehr an den eigentlichen Grund erinnerte, warum sie sich gerade hier am Dach des Hauses befand. Aber? Wo war er übrigens hin verschwunden, der kleine *rote Grund*? Ob er sich etwa noch im Dachboden versteckt gehalten hatte, nun hinter Lana das nur scheinbar freiheitbietende Fenster verschloss, sich gemächlich zurück in Nathaniels Wohnung verzöge und von nun an Lanas Rolle einnähme? Auf Schwarz-Weiß-Aufnahmen sähe sie schließlich auch grau aus. Lana wurde schlecht beim Gedanken, zuerst gegen Nathaniel und nun auch noch gegen das *rote Kätzchenfrätzchen* den Kampf verloren zu haben. Und das alles noch vor dem Mittagessen. Zudem machen heiße Blechdächer auch irgendwie durstig und überhaupt... nicht mit ihr, der *Alanaherrscherin über Nathnaniel*. Verwirrt und etwas verirrt blickte sie um sich, doch nichts und niemand war zu sehen. Wo aber war es nur hin verschwunden? Ob Nathaniel vom Dachboden und vom Fenster über der vierzehnten Stufe überhaupt wüsste und wenn nicht, ob Lana ihm davon berichten solle? Was, wenn Nathaniel so sehr Gefallen daran fände und gar die Luft nach Freiheit schnupperte, Lana alleine zurückließe? Vielleicht sollte Lana einfach auf schnellster Pfote nur den Heimweg antreten, die Türe zum Dachboden so fest wie möglich zu schließen versuchen, sich wieder durch den Türspalt in die Wohnung schleichen und sich aufs Bettchen legen. Denn immerhin: Ihr Revier war im Moment unbewacht und also allen Gefahren ausgesetzt. Der Kapitän verlässt schließlich das sinkende Schiff immer zuletzt! Obwohl...es sinkt ja eigentlich nicht, das Schiff, das ja eigentlich auch nicht mal ein Schiff ist. Der Respekt ihr gegenüber, den Lana sich erst mühsam erarbeiten musste, drohte hingegen aber sehr wohl auf Sand zu laufen. Würde, Wohnung, Futternapf galt es zu verteidigen, und wenn es sein muss, mit allen Mitteln und Krallen!

Gegen wen oder wogegen aber verteidigen, wenn man nicht angegriffen wird? Hm? Lana musste ihren Plan nochmal überdenken und da es sich für sie besser im Liegen denkt, beschloss sie, sich an die Rauchfangziegelwand zu schmiegen und ein kleines nachdenkliches Nickerchen zu machen. Warmes Blech unter dem Bauch, frischer Wind, der in den Schlaf streichelt und Gedanken, ausgefinkelte Gedanken, die...die...naja...die irgendwie...schließlich Lana in den Schlaf gewiegt hatten.

Hinter dem Mauervorsprung des Nachbarhauses erhob sich nun langsam ein kuscheliges, rotes Köpfchen, das Lana die ganze Zeit nicht aus den Augen gelassen hatte. Mit einem Satz war das kleine rote Kätzchen vom Nachbarhaus auch schon wieder zurückgesprungen, trabte zu Lana, kuschelte sich ganz dicht an sie und schlief zufrieden ein.

Allzu leicht trägt der Wind gelbe und grüne und rote Blätter weg von einem Baum, aber ebenso einfach bläst er sie auch wieder dorthin zurück. Hier gleichen der Wind und die Liebe einander vielleicht am meisten, denn nie weiß man, woher es kommt, wohin man getragen wird und wo man landet...

juniglut

Eigentlich war Nathaniel ja auf dem Heimweg, denn er war schon etwas beunruhigt, Lana und Lune betreffend. "LA-lu-NA-ne" schwirrte es in seinem Kopf und sogleich viel ihm auch wieder die herannahende Ausstellung und das eben geführte Gespräch mit Ekke im Kopf herum. Nathaniel blickte auf seine Uhr. 10:11. Es war, wie gesagt, "eigentlich" Zeit gewesen, Lana den Brunch anzurichten, zuvor aber eine Zigarette und einen Kaffee, wie er beschloss, freilich, nicht ohne zuerst Martin Luthers Geburtstag am 11. November feierlich gedacht zu haben. Lana würde ihm schon verzeihen, würde er etwas verspätet nach Hause kommen, sicher aber nicht, dass er geraucht habe, denn schließlich raucht unser Nathaniel gar

81

nicht. Freilich, Laura hatte ihn immer wieder eine Zigarette angeboten und gelegentlich hatte er tatsächlich mit ihr am offenen Fenster zusammen eine ihrer schmalen Zigaretten geraucht, zumeist der Stimmung wegen, hie und da aber auch, um den gar zu süßen Geschmack des Honigwhiskys etwas zu neutralisieren. Nun aber gab es weder Laura noch Honigwhisky. Finger also weg davon. Vielleicht genauso, wie Laura es bei ihm getan hatte. Als wäre er eine tödliche Sucht. Denn tatsächlich hatte Laura des Öfteren angesprochen, einmal vielleicht nicht mehr "da" zu sein, aus ihr selbst unerklärlichen Gründen. Eben nur ein Gefühl, das sie immer öfter beschliche. Etwas, wie Laura einmal meinte, schien sie wegzuziehen von ihm. Gegen ihren Willen, gegen ihre Liebe. Die Zeit, das Leben? Etwas in ihr arbeite gegen die beiden, schliffe fein säuberlich, in langsamen Bewegungen ein Messer, mit dem Ziel, eines Tages, aus heiterem und doch todernstem Himmel, das Band zwischen Laura und Nathaniel mit einem gezielten, festen Hieb zu durchtrennen.

Nathaniel war noch ganz in Gedanken versunken, ehe er sich im Straßencafé´ unten am Eck, gleich neben seinem Hauseingang, wiederfand. Ein Kaffee war auch schnell bestellt, die Frage der Kellnerin, ob der Herr denn rauche, wurde entschieden verneint.

Es war ein herrlicher Junimorgen. Nicht zu heiß, etwas luftig und um diese Uhrzeit im Schatten sogar beinahe noch etwas zu kühl, was Nathaniel jedoch keineswegs störte, denn er liebte kühlen Schatten und warmen Kaffee. Aus dem

Kaffeehaus war ein Lied zu hören, das er vom ersten Ton an liebte. Er hatte es noch nie gehört und es war klar, dass er unbedingt die Kellnerin danach fragen müsse. Momente sind es doch so oft, werden sie erst von der richtigen Musik untermalt, zu leben beginnen, Farbe annehmen. Dieser Moment war freilich ein solcher, der eben in diesem Augenblick zu leben begann, als diese zauberhafte Stimme in Nathaniels Ohr erklang. Nathaniel schloss seine Augen für einen kurzen Moment, träumte sich ans Meer, an einen einsamen Strand, an dem er stundenlang gehen würde. Ist es nicht komisch? Da sitzt man im Schatten, in den man sich selbst gesetzt hat und träumt von der Sonne? Aber genauso ist Nathaniel. Er kann am Hafen stehen und seine Augen schließen, nur, um von Schiffen in einem Hafen zu träumen. So erträumt er die Realität zur Wahrheit, öffnet seine Augen und schreibt all die Realität vor seinen Augen seinen Träumen zu. Was er nicht sehen will, erträumt er einfach nicht und lässt die Augen geschlossen. Um mit geschlossenen Augen nicht gegen eine Wand zu laufen, bleibt er einfach stehen. An einem Ort, zu einem ewigen Zeitpunkt. Verschmolzen mit Raum und Zeit...

Der Geruch frischgemahlenen, heißen Kaffees vor sich auf dem Tisch stehend ließ Nathaniel spontan seine Augen öffnen, was im ersten Moment, ob des Blicks in die in Sonnenlicht getauchte, vor ihm liegende Seitengasse, sehr schmerzte. Nathaniel griff nach der Tasse Kaffee, die ihm offensichtlich während seiner "Abwesenheit" serviert wurde, hob die Tasse vorsichtig und führte sie zu seinem Mund, als er erst bemerkte, dass er gar nicht mehr alleine an dem Tisch saß. Ihm gegenüber saß nämlich eine zierliche, hübsche Dame, die gerade im Begriff war, sich eine Zigarette anzuzünden. Davon Notiz genommen habend, beschloss Nathaniel, erst einmal an seinem Kaffee zu schlürfen.

Sein Gegenüber hatte ein kühles Glas Soda-Zitrone vor sich stehen, was in jenem Moment, als Nathaniels Zunge zu verbrennen schien, gleich einem Feuerwehrwagen kam, denn er griff wortlos nach dem Glas und trank es mehr oder weniger in einem Zug leer. "Jetzt", wie er dachte, "wäre es vielleicht doch besser gewesen, sich doch VOR dem Schluck Kaffee vorzustellen."

Nun, dies hatte Nathaniel ja wohl offensichtlich versäumt, da kann man nichts schönreden, und so bemühte er sich, das Glas bewusst lange am Mund haltend, weil nachdenkend, um einen annehmbaren Satz, mit dem ein Gespräch mit einer hübschen Dame beginnt, deren Getränk man schon wortlos vor dem ersten Wortwechsel ausgeleert hat. Nun, was wäre in einem derartigen Moment etwa angebracht?

"Etwas bitter, aber zumindest kühl, du hast im Grunde aber nichts versäumt, ich darf doch DU sagen? ... meine Zunge brennt aber immer noch" schoss es aus Nathaniel heraus.

Die hübsche Dame rollte lieb, aber keineswegs herablassend ihre blauen Augen, zog an der Zigarette, reichte sie Nathaniel und nahm einen - vorsichtigen - Schluck von seinem Kaffee. Nathaniel nahm brav einen Zug und noch einen zweiten, ehe die Zigarette am Aschenbecher (wann wurde der denn gebracht??) ein Ruheplätzchen fand.

Bernadette aber dachte nicht daran, etwa die Zigarette nun gegen den Kaffee zu tauschen, denn sie hielt fest an der Tasse und schien sich gerade im Anblick der verglühenden Zigarette zu verlieren, wie Nathaniel es wiederum am Anblick seiner ihm (uns ja nicht mehr) namenlosen Tischgenossin zu tun schien.

Ja, sie war hübsch, so nah und dennoch unnahbar. Sie trank seinen Kaffee, er ihr Soda-Zitrone, und dennoch wusste niemand vom anderen nicht einmal den Namen. Er rauchte ihre Zigarette und sie starrte der Zigarette Glut an. Man saß einem Tisch und dennoch schienen Ozeane zwischen einander zu liegen. Man saß am "Ufer" des Tisches, doch das gemeinsame Floß schwamm auf einem rotkarierten Tischtuch und bewegte sich von Kaffeetasse und Soda-Zitrone-Glas hin zum "Leuchtturm", der *Juniglut*...

bernadette

"Und?" gab Nathaniel von sich.

"Und...und?" kam als Antwort.

"Na, der Kaffee...auch zu bitter, oder annehmbar? Zu heiß?", so Nathaniel.

"Eigentlich kam ich hierher, um eine kaltes Soda-Zitrone mit einer Zigarette zu genießen. Aus meinem kalten Getränk wurde ein heißes und meine Zigarette schmeckt dazu auch gleich nicht mehr. Und wer bist du?" kam beinahe schnippisch, (aber immer noch - dem Anlass gegeben, fast zu süß) alsbald die Antwort.

"Ich bin Nathaniel, Nichtraucher, Kaffeeliebhaber und wer bist du?"

"Bernadette ist mein Name, ich komme aus Calvi und ich wollte eigentlich...aber das weißt du ja schon. Kann es sein, dass ich dich - oder zumindest deine Stimme schon kenne? Arbeitest du vielleicht beim Pizzaservice oder beim Wochenendinstallateur?"

Nathaniel konnte weder Pizza leiden noch Sonntage, denn da musste er, wie bereits erwähnt, ja meistens "arbeiten", also auf Vernissagen und dergleichen gehen.

"Weder noch, aber Bernadette ist ein schöner Name und Korsika eine schöne Insel", kam als seine Antwort.

"Nathaniel? - ich habe diesen Namen noch nie gehört. Woher kommst du? Was haben deine Eltern dir nur angetan?! Warum heißt du nicht wenigstens Nathan oder Daniel?"

"Naja, ich komme eben von einer Galer...." Nathaniel begriff noch während des Satzes, wie die Frage eigentlich gemeint war, weshalb er wieder einmal - diesmal gedanklich - das Glas nicht gleich vom Mund nahm. Welche Antwort sei zu geben? Was bedeutet schließlich generell schon die Frage nach der Herkunft? Und sind damit nicht ohnehin meistens die Eltern gemeint? Nathaniel wusste freilich, "woher er kam", doch wollte er sich gar nicht auf eine derartige etwaige Diskussion einlassen. Womöglich studierte sein liebliches Gegenüber auch noch *Politikwissenschaften oder so.* Zwar kann es zum einem gut und interessant sein, eine Person noch nicht zu kennen, weil Meinungen und Vorgeschichte selbiger Person noch farblos und unbeschwert sind, zum andern aber kann dies eben auch oft zu Missverständnissen kommen, versteht man doch oft mal eine Meinung oder Aussage ganz anders und also falsch, weil man eben die Person noch nicht kennt und - in diesem Falle - zu objektiv, also verständnislos reagiert.

"Ich komme eh aus dieser Stadt und warum ich so heiße, kann ich dir nicht sagen. Du wirst es sicher nicht glauben, aber ich habe meine Eltern nie gefragt. Und glaub mir, du willst nicht meinen zweiten Namen wissen...!", gab Nathaniel mit einem leichten Grinsen am Ende des Satzes zur Antwort. Er blickte die schweigende Bernadette an, weshalb er beschloss, weiter Antwort zu geben: "Also, ich bin weder noch *Pizzalateur*. Ich denke, du verwechselst meine Stimme bloß, aber dein Akzent hingegen..."

Bernadette rührte unnötigerweise im ohnehin längst schon ausgekühlten Kaffee, ehe sie diesen dann auch noch auf den Tisch stellte, ohne einen Schluck genommen zu haben, sah Nathaniel an und schien eine Erleuchtung zu haben...

"Kann sein, dass du mir, neben einer Soda-Zitrone auch eine Katze schuldest?", frug sie mit, einmal mehr - nicht allzu ernstem - Blick. Nathaniel blickte Bernadette (anfangs) wortlos an, blickte nun auf das Tischtuch, um scheinbar die Querstreifen darauf zu zählen, ehe er seinen Blick wieder auf sie richtete und scherzhaft, nun auch verstanden habend, nickend sagte: „Ich gebe dir deine Katze wieder, wenn du mir sagst, warum du gestern einfach so verschwunden bist. Ich meine...wir haben uns Sorgen gemacht, und schließlich hat dein Kätzchen auch bei mir übernachtet, was mir einige Hiebe einbrachte, da Lana, meine Katze..." Nathaniel stockte, denn Bernadette schien ihm gar nicht mehr zuzuhören.

"Bernadette...?"

"Ja, ich bin da, also ich höre dir zu. DA bin ich sowieso, auch wenn ich dir nicht zuhöre, aber ich höre dir zu. Ich war nur gerade eben nicht da, entschuldige."

"Nicht DA?" lachte Nathaniel. "Wo war denn Bernadette gerade?", legte er nach.

"Ist es nicht schräg? Findest du es nicht auch seltsam, dass wir einander hier begegnen? Beinahe alle Plätze hier im Café sind frei, du suchst dir den Schattenplatz, den einzigen, ich suche auch einen schattigen Platz, sehe den Tisch, dich - scheinbar - schlafend, setze mich ungebeten dazu, wir kommen ins wortlose Gespräch irgendwie, und nun...na du weißt schon...das "Katzengespräch und so...das Schicksal reagiert nicht so schnell..."

Nathaniel blickte auf und schien irgendetwas in seinem Gegenüber zu suchen. Am ehesten musste dies wohl eine Erklärung sein, die ihm alles logisch und nachvollziehbar erscheinen ließe.

K A T Z E....Nathaniel zuckte zusammen. L A N A!! Er blickte verschreckt auf seine Uhr. 11:00. Nathaniel hatte kein

Geburts- oder Sterbedatum im Kopf, denn der "nullte Monat" würde doch nur alles null und nichtig machen und selbst gelebte Persönlichkeiten nach langem, schwerem Lebensweg "zurück zum Start schicken". Hoffentlich, so dachte er, würde Lana ihn nicht auf den Nullpunkt schicken. Er musste nun endlich unbedingt zu seiner *Lebenskatze*, ihr zu essen geben, auch nach der kleinen, roten Katze schauen, überhaupt also nach dem Rechten schauen, denn immerhin war viel Zeit vergangen, seit er die Wohnung verlassen hatte. Höchste Zeit also!

Nathaniel legte einen großzügigen Betrag für Soda-Zitrone und Kaffee auf den Tisch und war selbst wohl am meisten über den danach von ihm ausgesprochenen Satz erschrocken, "Kommst du noch mit hoch zu mir?". Bernadette wusste freilich, wie die Frage gemeint war, musste dennoch aber so sehr lachen, dass es Nathaniel schließlich unangenehm wurde, was Bernadette sofort zu deuten wusste. Frech und Nathaniel im Moment offensichtlich überlegen, scheute Bernadette nicht davor zurück, ihn verbal weiter in die Enge zu treiben. "Bittest du mich etwa zu dir in die Wohnung, um dir zu helfen, deine Katze zu suchen?" Und ein Schlag auf Nathaniels Hinterkopf ging noch: "Hast du denn überhaupt eine Katze?".

Nathaniel liebt Humor und kann und konnte stets bis zu einem gewissen Grad auch etwas, ihn selbst betreffend, damit anfangen. Es war Bernadette anzusehen, dass sie sich bei Ihren scheinbar ernsten Aussagen einen Spaß mit Nathaniel erlaubte, weshalb dieser dementsprechend darüber hinwegsah und ebenso humorvoll antwortete: "Wenn du mit hochkommst zu mir, dann kaufe ich mir eine Katze und schenke sie dir!"

Ja, sie hatte Humor, war süß und hübsch obendrein. Freilich, sie hieß nicht Laura und sie trug keinen beigen Mantel. Wie denn auch? Wer trägt schon einen Mantel Mitte Juni, außer Laura? Laura...dieser Name ist allgegenwärtig, quer durchs Jahr. Immerwährend, immer verheerend...

„Vom fremden Männern darf ich nichts annehmen, habe ich gelernt...und schon gar nicht darf ich mit ihnen mitgehen", grinste Bernadette.

„Du machst wohl eher das genaue Gegenteil, wie mir scheint, denn du GIBST mir deine Katze und ENTFERNST dich dann von mir" lachte Nathaniel.

„Ich habe mir schon gedacht", sagte Bernadette, „dass du dich gewundert haben wirst, und es tut mir auch wirklich leid und ich bin dir auch ewig dankbar, dass du auf Lune aufgepasst hast. Ich war gestern plötzlich irgendwie weggetreten".

„Das habe ich mitbekommen" sagte Nathaniel.

„Du hast mich nicht verstanden, ich meinte, dass ich tatsächlich nicht ganz bei mir war. Also, da habe ich diese Zigarette geraucht und irgendwie wurde mir plötzlich ganz schwindelig, wahrscheinlich, weil..." Bernadette stockte „weil ich den Sekt dazu viel zu schnell geleert habe. Ich vertrage das Zeug eigentlich gar nicht. Jedenfalls wollte ich nur schnell in die Küche, mir ein kühles Soda-Zitrone machen, als ich die drei Stufen von der Terrasse hinein in die Wohnung hinuntergestolpert bin und beim Aufstehen mir dann auch noch den Kopf gegen den Couchtisch geschlagen habe, derartig heftig, dass die darauf stehende Kristallvase umgekippte, vom Tisch rollte und mir auf den Kopf fiel, was mich wieder den Boden zu küssen brachte. Der Papst kann sich wohl noch einiges von mir abschauen. Naja, dann ist natürlich auch noch das ganze Blumenwasser über meinen Kopf geronnen, so als i-Tüpfelchen. Ich habe mich dann wieder hochgerungen am Fauteuil, der dann aber leider doch sich dazu entschlossen hat, nachzugeben, zu kippen und mir auf den Kopf zu fallen...Du kannst dir also in etwa das Szenenbild vorstellen, als ich dann heute Morgen im Blumenwasser und unter dem Fauteuil aufwachte..." Bernadette holte tief Luft und griff sich auf den Kopf. „Ich bin leider mit zwei linken Füßen geboren worden, musst du wissen" hängte sich liebgrinsend an.

„Brauchst du etwas? Geht es dir gut, soweit? Schmerzt dein Kopf sehr? Du hast eine Dachterrasse? – wow!" gab Nathaniel zur Antwort.

„Ein kühles Soda-Zitrone wäre eigentlich so das Einzige, das ich jetzt bräuchte, und natürlich mein geliebtes Kätzchen", lächelte Bernadette. „Und was die Dachterrasse betrifft – nun, so habe ich nur diese eine Nacht in der Wohnung verbracht, weil meine beste Freundin und zukünftige Kollegin zwei Tage auf einem Ärztekongress war und ich es genießen wollte, einmal nicht in einer Studenten-Zimmer-Küche-Kabinett-Wohnung unten am Fluss zu wohnen. Es ist wunderbar, dieser Ausblick! Aber ich habe schreckliche Höhenangst, sehe ich direkt auf die Straße hinunter, was wahrscheinlich meinem Schwindelgefühl auch noch etwas nachgeholfen hat. Lune scheint die Höhe ja nichts auszumachen…so ist sie dem Mond ja nur noch näher" lächelte Bernadette.

„Wenn du willst, Bernadette, dann warte hier, ich bestelle dir noch…oder eher dein *erstes* Soda-Zitrone, gehe schnell nach oben und hole Lune und verpflege auch meine Lana…sofern die beiden Katzen nicht die stets unverschlossene Türe geöffnet haben und abgerauscht sind" schlug Nathaniel vor und hoffte insgeheim, Lune in seiner Wohnung anzutreffen.

„Wenn das so ist, dann machen wir es anders, denn ich bin mir sicher, dass Lune in diesem Falle bereits wieder auf der Dachterrasse ist…sie findet immer einen Weg nach Hause. Wir „treffen" uns also oben am Dach, schau du also erstmal nach deiner Katze, okay?" lautete Bernadettes Gegenvorschlag. Nathaniel hielt dies für eine sehr gute Idee, und so machten die beiden sich auf in ihre Wohnungen, zu ihren Katzen und in den Schatten der Eingangstore, denn die Sonne hatte inzwischen längst den Cafétisch gierig verschlungen.

stimmlos

Nathaniel zitterten die Knie, als er sich der Wohnungstüre näherte und noch mehr, als er feststellte, dass selbige tatsächlich geöffnet und nur angelehnt war. Hatte er sie nicht geschlossen? Zwar nicht verschlossen, dennoch aber ins Schloss fallen lassen hatte er sie mit Sicherheit. Ja, Nathaniel war ganz sicher, dass dem so gewesen war, weshalb seine Knie nun nicht einmal mehr die Kraft zum Zittern aufzubringen schienen. Was war geschehen? Womit würde er wohl überrascht werden, beträte er erst seine Wohnung, denn, wurde die Türe nicht von außen gewaltsam geöffnet, und darauf wiesen keinerlei Spuren hin, so könne nur Lana sie geöffnet haben, und dies, wie tausende Male, untereinander abgesprochen, nur im Notfall! Welcher Notfall also musste eingetreten sein, der Lana eine solch drastische Maßnahme hatte ergreifen lassen? War es etwa der Hunger gewesen, der sie dazu trieb, oder, und Nathaniel wurde bei diesem Gedanken plötzlich ganz schlecht, hatte sie, seine geliebte *graue Eminenz*, sich etwa dazu entschlossen, sich um anderes, wohl besseres *Menschenentier* umzusehen?

Jemand, beziehungsweise ETWAS, das sich mehr um seine Vorgesetze kümmert anstatt sie verkümmern zu lassen! Ein Lebewesen also, das weiß, wann es an der Zeit ist, auf allen Vieren, den Teller am Rücken balancierend, sich seinem *Kätzchenschätzchen* bereuend, ehrerbietend und unterwürfig zu nähern. Nathaniel war bange, bei Lana wohl niemals über die *Lehrjahre* hinauszukommen, nie mit dem nötigen, zumindest aber erwünschten Respekt ihm gegenüber seitens seiner Meisterin beschenkt zu werden.

Es wäre, wie er dachte, so, als ob man im dritten Lehrjahr einen folgenschweren Fehler beginge, der einen im selben Moment noch wieder an den Start befördere. Gehe zurück zum Start! Mensch, ärgere dich nicht! Und erstrecht nicht deine

Katze! Lana! Würde sie ihn, Nathaniel, etwa genau dorthin, an den Start, schicken? War es etwa schon ein Fehler zu viel gewesen, der ihn nun die schwarze Katze vor seinen Füßen queren ließ?

Mit einem leichten Tippen berührte Nathaniel die Türe, die sich sogleich mit einem dezenten Knarren auch ergab und sich in den Türangeln in Richtung Wohnungsinneres wog.

"Lana" flüstere Nathaniel, beinahe so leise, dass er es selbst kaum zu vernehmen imstande war. "LANA" wiederholte er mit etwas Nachdruck. Vergebens! Nichts war zu hören, nichts roch nach Leben oder sah danach aus. Keine Bewegung also, keine Gerüche, keine Farben und kein LEBEwesen, das ihm, wie gewohnt, glücklich entgegentrabte und sich ihm hernach um die Beine schmiegte. Lana...*laß mi do net lana*...dachte Nathaniel, Georg Danzers melancholische Stimme leise im Ohr habend. Nathaniel sackte auf der Couch förmlich zusammen, griff nach Lanas Fleecedecke, kuschelte sich in sie und fühlte sich alleine. So sehr alleine, wie er es noch nie in seinem Leben verspürt hatte, nicht nach dem Tod seiner heißgeliebten Großmutter, nicht nach den zwei, aufgrund einer Autopanne, im Wald verbrachten Tagen und Nächten an der polnisch-russischen Grenze und auch nicht, nachdem Laura ihn verlassen hatte. Freilich hatte er sich immer, da und dort, in jeder Situation alleine gefühlt, aber dennoch waren all diese Momente kein Vergleich zur momentanen Situation. Zum ersten Mal nämlich hatte Nathaniel Verantwortung übernommen gegenüber einem Lebewesen, das also

94

tatsächlich abhängig war von ihm und ihn, Nathaniel, ebenso abhängig machte von ihr. Lana war nicht wie seine Oma und nicht wie seine Freundin und schon gar nicht wie er selbst, nein, Lana war wie sein Kind, ein Lebewesen also, das nicht bereichert wird durch seine Gegenwart, sondern schlichtweg nicht lebensfähig ist ohne ihn. Ein Lebewesen, das ohne seine, Nathaniels, Gegenwart, seine Liebe und Fürsorge also nur allzu schnell zu einem LebeVERwesen würde.

Lana braucht und brauchte ihn, doch er, Nathaniel, Katzen*besitzer*, besitze in jenem Moment scheinbar alles andere, nur keine Katze: Einen schattigen Platz in einem Kaffeehaus, die Gegebenheit, einer hübschen, jungen Dame Gesellschaft leisten zu dürfen, die Gewissheit einer nahenden Ausstellung und schließlich den Glauben, dass Lana über all das mit ihren Glubschaugen hinwegsehen würde. Hungrig und gekränkt, ob des roten Wollknäuels zwar, aber dennoch ihr *Herrchen* über alles liebend und also *Lana vor Recht* walten ließe.

Menschen können schon sehr naive Wesen sein. So farblos auch und ohne Muster am Rücken, rau, und keineswegs sanft, laut anstatt zu lauschen, bestimmend, und doch im Herzen stimmlos...

Stimmlos, Dein Herz.

Los, Stimme, herze mich!

Deine Stimme?

Herzlos...

schmetterling

Auf ihrer Nase landete mit sanftem Flügelschlag ein wunderschöner Schmetterling mit in der Sonne bläulich schimmernden Flügeln. Auch er schien den warmen Frühlingstag genießen zu wollen, so zufrieden wie er aussah. Dass er sich ausgerechnet auf Lanas Nase seine kleinen Füßchen vertreten wollte und diese damit sanft weckte, war hingegen sicherlich unbeabsichtigt, denn nicht wenig war der Schmetterling erschrocken, als er sich plötzlich in Lanas großen Augen widerspiegelte. Schweren Herzens und Flügels nach dem langen Flug zuvor beschloss er dann doch nach einer anderen Raststätte Ausschau zu halten und begab sich wieder in die Lüfte, um sich nicht weit davon, auf der Dachterrasse des Nachbarhauses niederzulassen.

Lana blickte ihm einen Augenblick nach und verlor ihn, geblendet durch die Sonne, aber gleich wieder aus den Augen. Ja, die Sonne war nun wirklich stark und kreischend hell, sodass Lana für einen Moment wieder gezwungen war, ihre Augen zu schließen und sich wieder an Lune zu schmiegen. Moment...Lune???

Lana riss sofort ihre Augen auf und blickte auf das kleine, rote Kätzchen, um das sie noch ihre graue Pfote gelegt hatte.

Genüsslich schlummerte es und träumte scheinbar, denn seine Schnurrbarthaare bewegten ganz langsam sich ab und an.

Lana sah das Kätzchen an, löste ihre Pfote von ihm, fand es dennoch, und sie es sich selbst nicht erklären, aber beinahe irgendwie süß, wie es da so in ihren Pfoten gelegen hatte. Freilich dürfe dies niemals jemand erfahren, soviel war natürlich klar. Wer solle es also mitbekommen, wenn sie einfach noch einen Augenblick so liegen bliebe, vielleicht wieder die Augen schlösse und so täte, als habe sie nichts bemerkt von der freilich *ungeheuerlichen Frechheit des frechen Ungeheuers*...

Sanft legte Lana also, so als wäre es im Schlaf und damit unwissentlich geschehen, mit geschlossenen Augen ihre Pfote wieder um Lune, die nun endlich ihre Augen zu öffnen wagte und zufrieden grinste.

"Lune! Luuuneee!??...oh, wie schön, ein blauer Schmetterling....aua! seit wann steht hier ein Grill?!" erklang es plötzlich aus unmittelbarer Nähe. Bernadette hatte nach vergeblicher Suche in der Wohnung nun gehofft, auf der Terrasse fündig zu werden. Auch Nathaniel war es schließlich in den Sinn gekommen, seine Lana auf dem Dach zu suchen, also auf den Dachboden zu steigen und durch das Fenster auf das Dach zu sehen. Ohnedies würde zudem Bernadette wohl schon warten.

Ein Bild zum Zerschmelzen bot sich Nathaniel auf dem Dach dar, ein Bild in Grau und Rot, acht Pfoten, scheinbar verknotet zu einem Zopf. War das wirklich Lana, *die* Lana?? Hatte er nicht erst vor wenigen Stunden heftige Pfotenhiebe bekommen für...für genau jene *Walderdbeere*, die Lana nun eben - diesmal jedoch absolut liebevoll - zwischen die Pfoten bekommen hatte?? Was hatte er ausgestanden an Ängsten? Gefühle schlechten Gewissens hatten ihn gepeitscht, ja, die Frage nach dem Sinn einer weiteren Existenz ohne Lana waren ihm eben noch ins Hirn geschossen und Nathaniel konnte sich selbst nicht so sehr belügen, um sich gegenüber verleugnen zu können, dass er nicht auch sogar einen kurzen Augenblick an einen Sprung vom Dach gedacht hatte. Und dann DAS! Süß anzusehen, freilich. Brächte jemanden die für diese Jahreszeit schon viel zu starke Sonne vielleicht nicht zum Schmelzen, dieser Anblick brächte es auf jeden Fall zustande.

Nathaniel kletterte aus dem Fenster und blickte die beiden zu einer Einheit gewordenen Plüschtiger aus nächster Nähe an. Tatsächlich waren beide wieder eingeschlafen, weshalb Nathaniel die einmalige Gelegenheit, ein Foto zu machen, nicht ungenutzt lassen wollte. Ein Beweisfoto hat schließlich noch niemals geschadet, denn...vorsichtig ist bekanntlich die Mutter der Porzellankiste...viel mehr aber noch der Vater der PorzelLANAkiste!

Nathaniel bewegte sich sanft in Richtung Dachgesims, hielt sich am Rauchfang fest, um wieder vorsichtig hinüber zu blicken. Da es ja helllichter Tag - drei LLL können nur für wirklich viel Lllicht sprechen! - war die Dachterrasse nun, im Gegensatz zu nächtlicher Stunde, sehr gut zu erkennen. Ein blauer, Nathaniel direkt ins Gesicht fliegender Schmetterling, hatte selbigen reflexmäßig dazu gebracht, seine Hände vom Rauchfang zu lösen und den Schmetterling verjagen zu wollen, was ihn wiederum, haltlos wie er nun ja war, anfangs nur scheinbar, schließlich aber doch in den Lichthof stürzen ließ...

*un*freiheit

Bernadette, bereits wieder in der Wohnung, um doch noch mal, diesmal aber gründlich nach Lune zu suchen, hatte aufgrund der lauten Musik, die aus den Boxen den Weg ins Freie suchte, und mit melancholischer Stimme erneut und nicht und nicht aufgeben wollend, "A nos Amours" sang, nichts vom Absturz des Nathaniel mitbekommen.

Lana und Lune hingegen waren erschrocken aufgesprungen, täuschten jeweils großes Entsetzen über die gegebene Situation vor, ehe sie sich, Pfote in Pfote an den Rand des Daches und den Blick in die Tiefen der Architektur wagten. Der Schrei und der allzu kurz darauffolgende Aufprall waren schließlich, so sollte man zumindest meinen, nicht zu überhören gewesen, wie die beiden einig waren. Menschen sind schließlich auch nur Tiere und Tiere helfen ihresgleichen, wenn auch nicht alle auf den Pfoten landen!

Wer auch immer und vor allem - warum auch immer - in einen Lichthof einen, wenn auch nur Minibalkon einbauen lässt...hat nicht nur frisch gewaschene, an frischer Luft getrocknete Wäsche, übersät mit Taubendreck und vielleicht einen Raucherbalkon, nein, diese Person bietet vor allem Personen ohne Boden unter den Füßen einen festen Untergrund.

Nathaniel landete auf eben einem solchen Balkon nur einen Stock tiefer, also auf einem einer im vierten Stock liegenden Wohnung zugehörigen Balkönchen und hatte es beim Aufprall fertiggebracht, eine Wäscheleine zu durchtrennen und einen Aschenbecher zu zerbrechen. Bei dieser Wohnung handelte es sich um seine Nachbarwohnung, eine Wohnung, die nur selten bewohnt wird und deren Mieter sich von April bis Oktober in seiner Heimatstadt aufhält. Also kein Problem...niemand würde erbost auf den Balkon treten und Nathaniel zur Rechenschaft ziehen, niemand würde ihn anzeigen oder gar der Polizei übergeben, niemand also würde Nathaniel helfen, den Balkon verlassen zu können, denn NIEMAND würde bis Oktober etwas vom Besuch am Balkon mitbekommen!!

Vier Augen, umrandet von Katzenfell, blickten hinab auf die Kreatur die sich da hilflos am Balkon aufrichtete. Sie blickten hinab auf ein Menschenleben auf einen Balkon in einem Lichthof. Ein kleines Leben auf einem kleinen Balkon. Mehr nicht. Punkt. Wie hilflos so ein "großer" Mensch doch plötzlich wirken kann und tatsächlich auch ist, steht er so zwischen Campingsessel und Kaktus, umwickelt von einer Wäscheleine. Alleine gelassen von seiner Umwelt, alleine in seiner Welt. Auf einem vier Quadratmeter-Balkon stehend, im Leben ebenso schwebend, wie besagter Balkon. Freiheit, frische Luft...und doch unfrei, wie ein Hund an der Leine, der nur glaubt, frei zu sein, bis er um seinen Hals das Band spürt, das ihn wieder an seine Unfreiheit erinnert und ihn weitere Schritte in Richtung Freiheit stiehlt. Freiheit...

Ob Lana diesen Begriff jemals ihren Freund würde nennen können, ob jemals der Duft freien Sommerwindes sie liebkosen würde? Ob jemals die Lichter der namenlosen Sterne in ihren Augenwinkeln ruhen und zu Glanz erstrahlen würden? Würden Blätter unbedachter Winterblumen eines Tages zu Sommerblüten *ersterben*?

"Na, Daniel....Danathiel...Lathaniel..." erklang es plötzlich wie aus dem Nichts und hallte auch, ob des Lichthofs, so schön nach und nach und nach und nach....

Nathaniel blickte hinauf, doch konnte außer einem grauen und einem roten Katzenkopf über ihm nichts erkennen.

Erneut erklangen kreative Varianten seines Vornamens im Lichthof, und sie schienen sich erneut so wohl zu fühlen, dass sie sich schlagartig vermehrten und in hundertfacher Form um Nathaniels Kopf schwirrten.

"Ich bin auf dem Balkon im Lichthof und hoffe auf Licht!" schrie Nathaniel in den blauen Himmel.

"Bist du es?" schien der blaue Himmel zu antworten.

Nathaniel beschloss, sich angesprochen zu fühlen und reagierte prompt. "Also, ich mache gerade auf einem Raucherbalkon eine Pause ohne Zigarette, werde von einem Kaktus angestarrt und überhaupt schwebt über mir ein großes Fragezeichen, an dem ich nun emporzuklettern versuchen werde..."

Bernadette wagte einen Blick über den Mauervorsprung, erblickte einerseits den stolzen, nicht nach Hilfe rufenden

Nathaniel und andererseits Lune, ihr rotes Kätzchen, das Bernadette kaum eines respektvollen Blickes würdigte. Bernadette schien ein Stein vom Herzen zu fallen, viel eher aber hatte sich ein Stein vom Mauervorsprung gelöst, fiel in den Lichthof und streifte Nathaniel, sodass dieser benommen erneut Halt suchen musste um nicht frühzeitig (also vor Oktober) den Balkon verlassen zu müssen.

Lune hatte den Sprung zur Dachterrasse gewagt, hatte "einfach so" die "Katze des Grauens", die sich insgeheim aber doch viel eher als einfache, rote-Katzen-liebende-wenn-dies-auch-nicht-zugeben-wollende "graue Katze" erwiesen hatte, verlassen, um wieder das vertraute - vorübergehende - Heim mit der ebenso vertrauten, immerwährenden Bernadette darin zu erreichen.

Bernadette nahm ihr Kätzchen sogleich in die Arme und verlor sich ganz im Gespräch mit Lune. Hunger würde sie wohl haben und Durst erstrecht, und vielleicht das Verlangen nach einem ausgedehnten Schläfchen auf der geliebten Schäfchen-Fleecedecke...

Lana musste beim Gedanken an besagte Decke innerlich lachen. Und dann auch noch Fleece...nun gut, was sei anderes zu erwarten gewesen. Lieb anzusehen war sie aber schon, vor allem, so in den Armen dieser Frau und das Schnurren war bis über den Lichthof zu hören. Lana blickte nun mitleidig (weniger aber, weil Nathaniel ihr leidtat, sondern eher, weil sie, Lana, so mutter- beziehungsweise vaterseelenalleine dastand) hinab zu Nathaniel. Zudem plagte sie nun wirklich schon sehr der Hunger, was ihren Magen unüberhörbar knurren ließ. So schnurrten und knurrten zwei Katzen in den Tag hinein, und Nathaniel surrte der Kopf....

Endlich hatte Nathaniel den Einfall, der ihm eigentlich schon viele früher begegnen hätte können, denn schließlich hatte er ja nicht erst seit Kurzem den Ersatzschlüssel zur Wohnung seines Nachbarn, "falls etwas sei" in den Monaten dessen Abwesenheit.

Bernadette, seine Retterin, habe sich also nur in das Nachbarhaus Eintritt zu verschaffen, in den vierten Stock hinaufzusteigen, in Nathaniels Wohnung zu gehen, Nachbars Schlüssel vom Haken neben der Pinnwand zu nehmen, über den Gang zur anderen Wohnung zu gehen, die Wohnungstüre zu öffnen und schließlich Nathaniel zu befreien.

Ebenso sollte es schließlich auch geschehen, da ließ Nathaniel Bernadette auch gar keinen Ausweg, denn immerhin sei sie, so er, doch irgendwie auch mitschuldig an der ganzen Situation, in der er, Nathaniel, sich momentan befände. Außerdem habe seine Katze Hunger, und dies sei nicht zu unterschätzen, denn zur Not hätte sie sich auch schon an das kleine, rote *Plüschtigerchen* ranmachen können.

Lune glaubte, nicht richtig zu hören, verdrehte die Augen und ließ *unabsichtlich* noch ein paar kleinere (und größere) Steinchen auf den Balkon fallen. Menschen! In ihrer Not reden sie sich auf die Not ihrer Katze aus. Erbärmlich! Und dann wird einem noch unterstellt, seinesgleichen verspeisen zu wollen. Also, da sei jetzt langsam wieder mal ein Gespräch unter vier Augen nötig, dachte Lana. Zuviel frische Luft bekäme schließlich nicht jedem. Erst aber solle die blonde Katzenmama endlich ihren Futtergeber befreien! Ist ja auch peinlich, wenn sonst noch jemand Zeuge dieser Situation würde. Man muss sich ja genieren für seinen Menschen...

innenleben

Bernadette sperrte vorsichtshalber Lune in die Wohnung und verschloss die Türe zur Terrasse, suchte und fand einen Weg in Nathaniels Haus, indem sie durch das Café ging und anstatt die WC-Türe zu öffnen, *versehentlich* den Lieferanteneingang, der zugleich auch Zugang in das Stiegenhaus war, zu öffnen und dadurch zu verschwinden. Der vierte Stock war dann auch nicht allzu schwer zu finden und auch Nathaniels Türe war leicht zu erkennen, prangte doch in Übergröße ein sehr ansprechende Fotografie Lanas an der Türe 14. Ein sehr altes, gepflegtes Haus war es gewesen. Liebevoll geschmückt mit Bildern an den Wänden und Blumen auf den Fensterbrettern. Und wirklich vor jeder Türe standen Vasen mit weiteren Blumen und Figuren. Kitschig zwar, gerade aber noch *diesseits* der Grenze zur Unmöglichkeit. Auch das Stiegengeländer hatte Bernadette sofort bewundert. Ein Löwenkopf da, verschnörkelte Blumen dort und überall polierte, haltbietende Holzstangen.

Mit einem leichten Ruck war die Türe geöffnet, und auch die

Pinnwand war nicht zu übersehen. Bernadette griff nach dem Schlüssel und wagte einen Blick durch die angelehnte Zimmertüre am Ende des Ganges. Aus dem Raum roch es dezent nach Räucherstäbchen und darunter hatte sich der Geruch Lavendels gemischt. Bernadette schloss ihre Augen und fühlte sich einen Moment wie in einer anderen Welt, in der sie sich ja auch tatsächlich befand. In eine fremde Wohnung zu kommen, ist meist immer eine sehr aufregende Angelegenheit, denn man dringt zugleich ja auch, materiell gesehen, in das Innerste eines Menschen, der sich in diesem Moment wehrlos auf den Boden legt und sich bei lebendigen Leibe sezieren lässt. Es ist das Innenleben hinter der Fassade, der nackte Körper unter der Kleidung, es sind Gedanken, die zwischen zwei Deckeln eines Tagebuches niedergeschrieben wurden, und die nun, wie in einer Ausstellung, aller Welt vor die Füße gelegt werden und deren Leben Buchstabe für Buchstabe analysiert wird.

Bernadette öffnete ihre Augen und fühlte sich sehr unwohl, hatte das Gefühl, *eingebrochen* zu haben. Eingebrochen in diese fremde Wohnung, eingebrochen zu sein auf dem dünnen Eis des Kennenlernens. Immerhin kannte sie Nathaniel noch keinen Tag, und hatte schon Einblick in seine Privatsphäre gehabt.

Schnellen Schrittes verließ sie die Wohnung, ließ die Türe ins Schloss fallen, und begab sie zur Nachbarstüre Nummer 13. Eine weitere Wohnung, diesmal kannte Bernadette ja nicht mal den Besitzer, was sie aber erleichternd "nur" noch wie eine

105

Einbrecherin fühlen ließ, und ihr also eines der beiden Gefühle des schlechten Gewissens ersparte. Intuitiv betrat Bernadette auf der Suche nach dem Balkon das Wohnzimmer, fand jedoch keinen Balkon. Klar eigentlich, denn welches Wohnzimmer würde schließlich auch seine Fenster auf einen Lichthof richten? Auch das Bad und die Küche waren Fehleinschätzungen. Nein, nicht das Schlafzimmer! Also noch privater ginge es ja nun wohl wirklich nicht mehr. Mit vorgehaltener Hand öffnete sie die Tür zum Schlafzimmer, als hätte sie damit gerechnet, jemanden im Schlaf darin zu überraschen. Zum Glück war dem nicht so gewesen, und, obwohl Bernadette, die Türe zum Balkon entdeckt hatte, erschrak sie fürchterlich, als die Nathaniels Schatten davor sah, so, als stünde ein Einbrecher vor "ihrer" Balkontüre.

Mit einer schnellen Bewegung öffnete Bernadette die Türe und gewährte somit Nathaniel Eintritt in die Freiheit. Seltsames Bild, wie sie dachte. Die Freiheit eher in vier Mauern zu finden, als an der frischen Luft davor. Ob Lune auch so denken würde?

"Du bist meine Retterin! Komm, lass uns schnell den Kaktus gießen und dann gehen!" gab Nathaniel erleichtert von sich.

"Freilich, und sollen wir auch noch den Teppich putzen, denn ich habe die Straßenschuhe anlassen?" gab Bernadette erschrocken darüber, sich nicht die Schuhe ausgezogen zu haben. Der Gipfel der Respektlosigkeit! Bernadette griff sich auf die Stirn. Nathaniel blickte sich um in Fynns Schlafzimmer, das er tatsächlich noch nie betreten hatte und das eigentlich auch nur ein Kabinett war. Er kannte die Küche und das Wohnzimmer, in dem er gelegentlich einen Schnaps oder auch eine Schachpartie mit Fynn genoss. Es war aufgeräumt und auf dem Bett lag Fynns Pyjama, schön zusammengelegt. Über dem Sessel hing ein Bademantel, wie auch Laura einen gehabt hatte. Nathaniel wollte nicht an Laura denken und schon gar nicht in einem fremden Schlafzimmer, noch dazu im Beisein einer anderen Frau. Es war also Zeit, das Schlafzimmer zu verlassen.

"Ist alles gut? Soll ich schauen, ob Fynn einen Schnaps für dich hat?" frug Nathaniel ernsthaft. Bernadette aber verließ die Wohnung und wartete davor auf Nathaniel, der noch schnell dem Kaktus Wasser reichte.

"Jetzt bist du also doch noch zu mir in meine Wohnung gekommen!" grinste Nathaniel zufrieden.

Bernadette verdrehte lieb die Augen. „Was Männer nicht alles dafür tun, um eine Frau in ihre Wohnung zu bekommen".

"Ich habe erstens also eine Katze und zweitens habe ich dich brav alleine in meine Wohnung lassen und auf dem Balkon gewartet. Kann ja froh sein, dass Fynn Kettenraucher ist, sonst...."

"...Sonst hätte er wohl keinen Raucherbalkon und ich jetzt wohl zwei Katzen und eine eingerichtete Wohnung" unterbrach Bernadette ihn lachend.

Erschrocken ließ Nathaniel das Gespräch im Stiegenhaus stehen, schnappte Bernadette an der Hand und schritt mit ihr die dreizehn Stiegen zum Dachboden. Das Stichwort "Katze" hatte ihn gleich wieder an Lana erinnert. Bernadette folgte wortlos, denn was könne jetzt noch auf sie zukommen, als höchstens ein weiterer Wohnungseinbruch? Der Dachboden war im Vergleich zu den zwei bewohnten Wohnungen fast eine Beleidigung für sie, wie sie spaßhaft feststellte. Nathaniel schritt zum Fenster und Bernadette folgte ihm. Einmal blickte sie zu Boden, als sie auf etwas trat, das dabei knackste.

Nathaniel kletterte durch das Fenster auf das Dach, drehte sich nach Bernadette, reichte ihr seine Hand und half ihr, durch das Fenster zu steigen.

Bernadette hatte freilich einen sehr ähnlichen Blick von der Dachterrasse aus genossen, dennoch war dieser Ausblick, dieser Platz mit all seinen Ziegelsteinen und Dachziegeln nicht zu vergleichen damit, denn alles hier wirkte viel romantischer, alles wurde so belassen, wie es vor hundert oder mehr Jahren errichtet worden war. Keine Moderne, kein Luxus, keine gefließte Terrasse...kein aufgesetzter Fuchskopf also und genau das gefiel ihr, denn alles war reduziert auf das Wesentliche und lenkte nicht ab vom Eigentlichen, vom Blick über die Dächer der Stadt.

Lana beobachtete Bernadette, wie sie ihren Blick über die Häuser schweifen ließ, beobachtete Nathaniel, wie dieser, in der Hoffnung, unbemerkt zu sein, Bernadette beobachtete und beschloss, sich all das nicht länger anzusehen. Allzu gut hatte sie noch das Drama mit, um und nach Laura im Kopf, als dass sie Nathaniel und sich selbst ein weiteres Drama antun wollte.

Abgesehen davon...Hunger! Miauend lief sie zu Nathaniel, der seinen Blick gleich von Bernadette abwandte, sich zu Lana kniete und in den Arm nehmen wollte. Lana schnurrte nun in vollen Zügen, sodass auch Bernadette sich zu ihr kniete, sie Nathaniel gleich aus der Hand riss und auf ihren Arm nahm. Nun, das musste Lana sich eingestehen, Bernadette verstand es, ein Kätzchen zu verwöhnen. Irgendwie war Nathaniel auf beide etwas eifersüchtig, denn mit beiden hätte er wohl in diesem Moment gerne getauscht. Was war überhaupt mit Lana geschehen? Wie ausgewechselt schien sie seit dem Morgen. Weichgespült irgendwie, keine Funken von Aggression waren zu sehen, keine Krallen und keine feurigen Augen zu spüren.

"Wir müssen sie füttern und zu trinken braucht sie auch, es ist viel zu warm hier oben und zudem ist Lana die direkte Sonne kaum gewöhnt!" meinte Nathaniel.

"Denkst du, sie hat einen Sonnenbrand bekommen?" scherzte Bernadette.

Nun war Nathaniel es, der lieb die Augen rollte. "Nein, denn sonst sähe sie schon aus wie deine Katze!" lachte er.

"Komm, ich denke es ist nun endlich Zeit, um..." sagte Bernadette und sah Nathaniel dabei mit Sicherheit einen Moment zu lange an und das mit *liebsüßfrechen* Augen, ehe sie ergänzte "...um unsere Lieben zu füttern!"

"Du hast recht, jede Liebe muss regelmäßig gefüttert werden, damit sie überlebt!" gab Nathaniel von sich.

Bernadette stieg mit Klopfen im Herzen und Lana am Arm

durch das Fenster...aus dem Leben ins Leben. Nathaniel sah den beiden ein paar Sekunden nach, ehe auch er durch das Fenster stieg.

Über den Dächern der Stadt sauste der Wind und trug den Klang der Kirchenglocken mit sich. Auf das Dach blickte mit sanften Blicken die Sonne und aus dem Café unten am Eck waren leise die Klänge eines Klaviers zu hören. Manchmal spielen Gäste auf dem Klavier, das einst dem Gründer des Cafés gehörte. Er war und ist ein begnadeter Klavierspieler und manchmal, viel Jahre, nachdem er das Café verkauft hatte, kommt er noch zu Besuch, bestellt einen Kaffee und setzt sich damit ans Klavier, um stets dieselbe Melodie in den verschiedensten Variationen zum Besten zu geben. Heute könnte wieder einer dieser Tage sein, denn diese Melodie, "Au Claire de la Lune" spielt seit jeher eigentlich immer nur der alte Mann am Klavier. Und immer wieder wird die Musik für ein paar Sekunden unterbrochen, denn dann macht er nämlich einen Schluck seines Kaffees.

III

bunter himmel

"Laura!"...und gedanklich hängte Nathaniel noch ein "?" an seinen einsilbigen Satz, den er mehr erschrocken als erfreut von sich gab, als er mit Bernadette und Lana durch die Türe zum Dachboden hinunter ins Stiegenhaus getreten war und die dreizehn Stufen zum vierten Stock hinabschritt. Laura hatte tatsächlich vor seiner Wohnung gestanden und schien wohl auf Nathaniel zu warten. Sie war fraglos hübsch wie immer, sommerlich bekleidet, trug eine weiße, farbenfroh bestickte Bluse und ihren Lieblingsrock. Nathaniel hatte diese Bluse immer am meisten an ihr geliebt. Laura trug natürlich auch ihre geliebte Handtasche, eine nicht immer zum getragenen Stil passende Ledertasche, in ihrer Lieblingsfarbe beige. Auch nun passte die Tasche eigentlich nicht zum Stil der Bluse, aber irgendwie war sie vielleicht auch deswegen gerade so *lauratypisch und also liebevoll.*

Ihre dichten Haare trug sie, wie meistens, offen und auch ihr *Lieblingssommerparfum* hatte sie dezent aufgetragen.

Bernadette drückte Lana ihrem Nathaniel in die Hand, begrüßte Laura mit einem dezenten "Hallo!", ehe sie die Stiegen hinabstieg, ohne sich noch einmal umzudrehen.

Nathaniel hatte Bernadette vielleicht einen Moment zu lange

nachgesehen, noch dazu im Beisein Lauras, wie er in alter Gewohnheit dachte. Doch er war nicht alleine damit, denn auch Lana hatte Bernadette nachgesehen, war Nathaniel vom Arm gesprungen, ließ einen undefinierbaren Ton, gefärbt von Traurigkeit los, schritt an Laura vorbei, ohne sie eines Blickes zu würdigen und setzte sich vor die Wohnungstüre.

"Was...äh...warum...?" stotterte Nathaniel. Ein lieber und zugleich etwas unbeholfener Blick war es, mit dem Laura Nathaniels "Fragen" erwiderte.

Nathaniel wusste selbst gerade nicht, was er sagen noch fragen solle, noch, was er eigentlich überhaupt wolle. Da hatte sie vor ihm gestanden, seine Laura, seine einmalige und "ehemalige" Laura, die einfach so in sein Leben getreten war wie sie schließlich auch verschwand. Und sie kostete ihn viel Energie, diese Zeit *danach*. Und wie oft hatte er auf den Moment gewartet, in dem Laura plötzlich wieder vor seiner Türe stehen würde? Und nun? Nun hatte sie also tatsächlich vor seiner Türe gestanden, doch diese war verschlossen. Für beide im wahrsten Sinne des Wortes verschlossen, da beide ja in diesem Moment *davorgestanden* hatten. Vor einer zugemachten Türe, die hinter sich ihre gemeinsame Vergangenheit versteckt hielt...

Nathaniel wollte die Türe auch gar nicht öffnen, Laura in seine Wohnung und somit irgendwie wieder in sein altes Leben bitten, nein, sie sollte nicht mehr seine Lebensräume betreten, nichts sollte mehr nach ihr riechen und nichts dürfte mehr an sie erinnern. Hätte er sie in hereingebeten, so wären es doch nur weitere Filme in seinem Kopf gewesen, in denen Laura die Hauptrolle vor der Kulisse seiner Wohnung spielte. An Lanas Reaktion wollte er erst gar nicht denken.

"Ich verpflege Lana erstmal, sie ist hungrig. Ich denke, es ist am besten, wenn du im Café unten auf mich wartest, ja? Ich komme gleich nach!" sagte Nathaniel in relativ nüchternem Tonfall zu Laura, die nur nickte und, wie eben erst Bernadette, nun auch die Stiegen hinabstieg.

Diesmal aber hatte Nathaniel nicht nachgesehen und auch Lana dachte nicht daran. Zwar ließ sie auch wieder einen Ton von sich, diesen aber kannte Nathaniel jedoch nur zu gut, denn er forderte ihn schlichtweg auf, endlich die Dame des Hauses kulinarisch zu versorgen. Und das aber schnell!

Nathaniel ließ die Türe hinter sich ins Schloss fallen, lehnte sich an den Türstock und blickte liebevoll seiner Lana nach, die vorgelaufen war und nun am Eingang zur Küche saß. Wie er sie liebte, diese Katze. Diese großen Augen und das dichte, graue Fell. Diese Stimme und den Charakter. Und wie er Lanas Katzenbuckel liebte und ihre strengen Blicke, wenn sie etwas haben wollte wie eben...

Nathaniel „erwachte" sogleich und begab sich in die Küche, um Lana endlich zu verköstigen. Mit einem von Schnurren begleiteten Schmatzen wurde er dafür belohnt und er hätte Lana stundenlang zusehen können, aber da war Laura, die unten im Café wartete und so machte er sich schweren Schrittes auf den Weg ins Café zu ihr. Irgendetwas würde da wohl noch auf ihn zukommen, dachte er. Und weiter, dass die

Vergangenheit jemanden doch maximal *einholen*, nicht aber *entgegen*kommen könne, was das *Zukommen* ja eigentlich unmöglich machen sollte....

Sollte Laura, die er also schon längst hinter sich gelassen glaubte, ihn etwa längst überholt haben und ihm nun mit langsamen Schritten entgegenkommen? Sollte sie das und wollte er das überhaupt noch, hatte er noch die Kraft dafür?

Laura wartete ausgerechnet an jenem Tisch, an dem Nathaniel noch gar nicht lange zuvor Bernadette kennengelernt hatte. Vom Schatten jedoch war nichts mehr zu sehen. Die Erde hatte sich also weiterbewegt, wie auch das Leben. Laura liebte die Sonne, weshalb sie auch einen der wenigen Tische, die nicht vom Halbschatten oder Schatten umworben waren, ausgewählt hatte. Auf dem Tisch stand nun ein Glas Aperol, daneben lagen Aschenbecher und eine Schachtel Zigaretten, aus der ein Rammstein-Feuerzeug mit der Aufschrift „Ohne dich" herauslugte. Nathaniel setzte sich widerwillig in die Sonne, denn er wollte den Moment nicht unnötig strapazieren, schließlich *überstrapazieren*, indem er Laura bitten würde, einen Platz im Schatten zu nehmen.

Laura blickte Nathaniel an, dieser wiederum blickte sie an, deutete dem Kellner, ein zweites Glas Aperolspritzer zu bringen, rückte seinen Sessel zurecht, zupfte verlegen an seinem Hemd, legte seine Hände auf den Tisch und ließ sie sogleich wieder auf seine Knie fallen.

„Wie geht es dir, Laura?" begann er unsicher das Gespräch.

114

Laura sah ihn mit ihren großen, dunklen Augen an und schwieg vorerst. Jetzt erst bemerkte Nathaniel, dass ihre Haare schwarz gefärbt waren. Er startete einen zweiten Versuch, ein Gespräch aufzunehmen, das er doch eigentlich gar nicht gesucht hatte.

„Laura, warum bist du hier? Willst du über etwas Bestimmtes mit mir reden, oder bist du gar zufällig ... und er betonte den zweiten Teil des Satzes mit einem leicht sarkastischen Unterton...bei meiner Wohnung vorbeigekommen?" Um den Satz etwas abzuschwächen, denn er bemerkte ihre unsichere Reaktion, fügte er ein ehrlich gemeintes „Gut siehst du aus!" hinzu.

Laura beugte sich etwas nach vor und sagte mit leiser Stimme: „Ich wollte nur sehen, wie es dir geht. Nein, es war kein Zufall. Du weißt, dass ich auch gar nicht in diesem Stadtteil wohne!"

„Mir geht es gut, und wie steht´s um dich?"

Sie nahm einen Schluck von ihrem Glas.

„Nathaniel...es war der einzige Weg, der mir blieb. Ich wollte nicht einfach so gehen, das musst du mir glauben, ich..."

„Warum auch immer du gegangen bist, sag mir, was nun sein wird!" unterbrach Nathaniel. „Ich habe sehr viel über dich, über uns nachgedacht, habe dich *zerdacht*"...fügte er hinzu.

„Ich werde nicht zurückkommen. Wer weiß, was sein wird, im Moment jedoch brauche ich diese Zeit für mich, obwohl ich tagtäglich an dich und Lana denke und es mir dabei das Herz zerreißt. Frag mich nicht, wohin mein Leben, wohin unser Leben uns trägt. Wir sind wie die Strahlen der Sonne, die es

115

immer gibt, doch nicht immer finden sie den Weg auf die Blumenwiese unseres Lebens. Vielleicht bin ich auch nur zu feige, die Wolkenmauer zu durchbrechen, vielleicht ist es der einfachere Weg, eine Blume mühelos im Schatten einer Wolke zu wissen, denn die Wolken beiseite zu pusten und jede einzelne Blüte meiner Lebensblume zu küssen. Vielleicht..."

Ein weiteres Mal unterbrach Nathaniel Laura, in dem er frug: „Laura, der Herbst wird kommen und auch der Winter und nicht immer werden Blumen die Wiese bedecken. Wenn du schon jetzt so sehr an uns zweifelst, was wird sein, wenn Sonnenstrahlen auf kalte Erde fallen?"

"Dann erst werden wir erwachen in den Farben des Nordlichts, vergiss das nie...vergiss uns nie" sagte Laura traurig und ergänzte "wir sind zwei Farben, grün und lila oder blau und türkis, oder diese und jene Farbe...wie auch immer du es siehst. Unsere Farben wirken erst nebeneinander, machen den Himmel bunt, schenken ihm ein einzigartiges Farbenmuster. Wir müssen uns nicht vereinen und zu einer Farbe werden, denn das Zusammenspiel zweier Farben ist doch meist viel schöner anzusehen als das Gemisch derselben..."

Nathaniel wusste freilich, dass das Nordlicht aus so vielen Farben bestehen kann und auch, dass er alleine nicht all die Farben am Winterhimmel der Laura wiedergeben könne. Viel eher, viel lieber, so dachte er, wolle er eine, nur eine einzige Farbe in Lauras Leben sein, diese aber solle für die Ewigkeit leuchten für sie...

„Nathaniel, ich teile mein Leben nun mit jemand anderem. Ich liebe ihn nicht und ich denke, vielleicht ist genau dies meine Sicherheit. Frag mich nicht, wovor, denn ich weiß es selbst nicht. Mein Leben gleicht einem Scheiterhaufen, auf den ich mich freiwillig lege, ganz ohne Fesseln, um auf das Feuer zu warten, anstatt mit dir an der Hand über eine Blumenwiese, ja selbst über Winterfelder zu gehen.!"

Nathaniel trank das Glas Aperolspritzer in einen Zug aus, stellte es so ungeschickt auf den Tisch, dass er die Tischkante erwischte, das Glas zu Boden fiel.

„Zum Glück habe ich den Aperolspritzer ausgetrunken, ehe das Glas zerbrach!" sagte er.

„Vielleicht beschreibt uns diese Situation sehr gut, denn wir haben unsere Zeit ausgeschöpft, ehe das „Glas" vor uns zerschmetterte, deutete Laura.

„Ja, vielleicht" sagte Nathaniel und ergänzte „jedoch mit dem Unterschied, dass ich NUR ein Glas zerstörte."

Laura verstand Nathaniels Reaktion und hatte seiner Aussage auch nichts mehr hinzuzufügen. Was sollte sie auch sagen? Sie konnte ihm nicht mehr *Aparole* bieten.

lebenslicht

„Welche Rolle spiele ich in deinem Leben, Laura?"

„Du bist, wie ich immer schon sagte, das Licht in meinem Leben, Du bist es, der meinen Weg durchs Leben beleuchtet, du bist mein Vollmond, der mir den Weg weist."

"Ich bin nur der Träger des Lichts, bestenfalls, denn die Sonne bin ich nicht, und der Mond trägt oft schwarz, vergiss das nicht, Laura! Der Mond ist nur der Bote des Sonnenlichts, ist lediglich der Sonne Knecht! Es ist wie mit dem Bethlehemslicht..." sagte Nathaniel in ernstem Tonfall.

"Dennoch ist er stets über mir, der Mond, verliert mich nie aus den Augen! Er verbrennt mich nicht und lässt mich nicht erfrieren" philosophierte Laura.

„Und ER?" wollte Nathaniel wissen.

„Er begleitet mich lediglich physisch auf meinem Weg. In meinem Herzen aber trage ich dich...dein Licht" sagte Laura und hängte schüchtern ein "und ich denke, du wirst seinen Namen nur ungern hören."

"Als mache es einen Unterschied, ob er Viktor, Alexander, Boguslaw oder wie auch immer heißt. Du hast mich verlassen. Vielleicht nicht wegen ihm aber immerhin *für* ihn. Es ist bloß ein Name, wie du selbst andeutest, ein Name in deinem Leben, wie auch die Milchpackung in deinem Kühlschrank mit einem Namen bedruckt wurde, es ist..."

"Es ist Fynn!" unterbrach Laura.

"Diese Milch ist aber weitgereist" gab Nathaniel erstaunt von sich.

"Fynn?!!" Nathaniel wollte nicht glauben, was er eben gehört hatte. "Wie und wann und wieso...und überhaupt...er ist doch kaum hier, ist doch meistens in seiner Heimat! – *fynndest* du das lustig!?" schrie Nathaniel Laura an.

Plötzlich fiel ihm auch der Bademantel in Fynns Schlafzimmer ein und ihm wurde schlagartig schlecht. Hatte Laura womöglich in der Nachbarwohnung ein geheimes Parallelleben geführt, hatte sie etwa an jenen Tagen, die sie laut eigener Aussage zuhause verbracht hatte, tatsächlich bei Fynn gelebt und an den entsprechenden Tagen hinter der Türe durch den Spion gespäht, und gewartet, bis Nathaniel die Wohnung verlassen hatte? Nathaniel bestellte sich einen doppelten Grappa und nahm ungefragt eine von Lauras Zigaretten, zündete sie sich etwas ungeschickt an, hustete auch noch und lehnte sich zurück.

"Ich kann dich beruhigen, Fynn wohnt seit einiger Zeit schon bei mir, ich habe ihn nur ein, zwei Male ... *besucht*...außerdem ist er bis in den Oktober hinein in seiner Heimat" versuchte Laura zu beschwichtigen.

"BERUHIGEN??" schrie und lachte Nathaniel zugleich.

Der Kellner stellte wohl genau im richtigen Moment den Grappa auf den Tisch, denn Nathaniel kippte ihn in einem Zug hinunter und schien sich tatsächlich nun etwas zu beruhigen.

"Seit wann rauchst du?" frug Laura.

"Seit wann betrügst du?" frug Nathaniel zurück.

"Es ist einfach so gekommen, es war dieser Abend, an dem du damals so lange in der Galerie warst, ich hatte meine Schlüssel vergessen, da kam Fynn und bot mir an, in seiner Wohnung auf dich warten zu können. Es hatte geregnet und es war spät und schließlich bist du erst ganz spät in der Nacht gekommen und an diesem Tag hatten wir auch gar nicht telefoniert, weil du ja nicht wusstest, dass ich zu dir komme, denn es sollte ja eine Überraschung sein, war es doch schließlich der Abend vor dem Valentinstag" versank Laura in einem Monolog, dem Nathaniel nur beiläufig lauschte, war er doch viel mehr damit beschäftigt, dem Kellner zu deuten, erneut einen doppelten Grappa zu bringen, was auch gelang.

"Fynn hat übrigens meine Ersatzschlüssel, wie ich die seinen!" gab er lediglich zur Antwort.

Antonio, der eigentlich bestens geübte, jedoch hier im Café neue Kellner, ihm möge also verziehen werden, stellte mit gekonntem Schwung das Tablett mit dem doppelten Grappa auf den Tisch, wischte ein paar *über Board gegangene* Grappatropfen flugs mit seinem Hemdärmel weg und verschwand so unauffällig wie möglich, äußerst dezent sein Geschirrtuch schwingend, wieder.

Nathaniel kippte das Glas Grappa hinunter, legte ausreichend Geld für Aperol und Grappa auf den Tisch, womit er klar andeutete, nicht mehr länge diesem Gespräch beiwohnen zu wollen.

Laura blickte Nathaniel an und frug: "Deinen Pullover, den ich immer so gerne trug...darf ich ihn behalten...ich werde immer bei diesem Pullover an dich denken...?"

Nathaniel wusste nicht, ob er recht gehört hatte und schon gar nicht, welchen Pullover Laura eigentlich gemeint hatte, denn sehr oft hatte sie einen seiner Pullover getragen. Er nickte nur und sagte: „Warte einen Moment, es soll nicht das Einzige sein, dass ich dir mitgeben will! Ich bin gleich wieder da!" Ohne Lauras Antwort abzuwarten, verschwand Nathaniel im

Haustor. Laura lehnte sich in ihrem Sessel zurück und weinte. Ja, tatsächlich weinte sie bitterlich. Sie wusste, dass sie Nathaniel in diesem Moment wohl endgültig verloren hatte. Sie wusste, dass, egal, was sie auch machen würde, Nathaniel sie endlich aus seinem Leben gestrichen haben würde.

Ein paar Minuten später nur stand Nathaniel, etwas außer Atem, wieder vor ihr. In seiner Hand hatte er eine von Lauras so geliebten Kerzen, die sie immer anzündete, wenn sie mit Nathaniel an offenem Fenster Honigwhisky trank. In diesem Falle handelte es sich auch noch, und Nathaniel war sich sicher, dass nur mehr er selbst sich dessen bewusst war, um genau jene Kerze, die *Lauraniel* an ihrem letzten Abend auf dem Dach, der zugleich der letzte Abend überhaupt sein sollte für die beiden scheinbar liebenden Menschenwesen ihr Licht an die Nacht verschenkte. Laura erkannte die Kerze natürlich sofort. Nathaniel ergriff Lauras Feuerzeug und zündete die Kerze an. "Hier ist dein Licht, meine Liebe Laura...das Licht, das dir ab nun an meiner statt deinen Lebensweg ausleuchten soll, denn ich bin es nicht, dein Licht! Ich kann dir kein Licht mehr geben, lasse meinen Pullover bei dir, lasse das Licht mit dir und gehe stillschweigend von dir..."

Laura hatte Tränen in den Augen, die sie gar nicht erst versuchte, wegzuwischen. Warum sollte sie es auch, war dies doch ein so sehr persönlicher Moment, den sie nur mit Nathaniel teilen wollte und vor allem konnte. Er war der Turm im Leben, der Leuchtturm in dunklen Nächten, der Aussichtsturm, der einen weiten Ausblick über das Leben bot, der schutzbietende Wehrturm, drohte etwa Gefahr und schließlich der Sprungturm, der das Brett für den Sprung ins eigentliche Leben trug. Und Laura hatte auf eben diesem Sprungbrett gestanden. Bereit zu springen und gleichermaßen nicht darauf bedacht, hatte sie doch endlich ihre Turmstube bezogen, ihr sicheres Heim, das von kaltem Winterwind gerne umweht werden mochte, ihr dennoch aber immer Schutz, Licht und Wärme bieten und stets geborgenes Heim sein würde.

Vielleicht, wie Laura einmal dachte, würden auch nur die Ecken und Kanten im Leben fehlen, die Lebenswände, die irgendwo anfangen und enden. Vielleicht wären es lediglich die Grenzen. an die man anzustoßen hat, die fehlten, in diesem perfekten, runden Turm, wie Nathaniel ihn ihr bot.

Nathaniel sah Laura stumm an, sah noch einmal in diese großen Augen, wie sie sonst nur Lana hatte. Er sah in Lauras Augen und konnte die sich darin spiegelnde Sonne deutlich wahrnehmen. Ja, die Sonne hatte hinter ihm gestanden, und er dachte, dass dieser Moment wohl der einzige sein würde, in dem er sowohl Laura als auch die Sonne sehen würde. Hätte er neben Laura gestanden und mit ihr den Kopf in Richtung Sonne geneigt, so hätten beide zwar die Sonne gesehen, nicht aber einander selbst in besagtem Augenblick.

"Ist das unser Ende nun?" frug Laura.

"Ja", sagte Nathaniel traurig und strich Laura sanft über ihre Haare. Wie oft hatte er genau dies mit größter Liebe getan,

Laura durch die Haare zu fahren, seine Hand über ihre Schultern bis zu ihrem Unterarm gleiten zu lassen, um das einschneidende Haarband, das sie *als Reserve* so gerne am Unterarm anstatt einer Uhr trug, zu ergreifen und zu stibitzen? Wie oft hatte er Laura im Spaß gemahnt, das Haarband vom Arm zu nehmen? Eine ganze Sammlung hatte er im Laufe der Monate angelegt, denn jedes erstandene Haarband hatte er nicht mehr zurückgegeben, sondern um den Hals einer leeren Honigwhiskyflasche gelegt, sodass Laura stets gezwungen war, sich neue Haarbänder zu kaufen, was sie mit Liebe und Gedanken an Nathaniel aber immer sehr gerne machte.

Auch diesmal hatte Laura ein Haarband auf ihrem Unterarm und Nathaniel hatte es natürlich sofort wahrgenommen, hatte zärtlich darübergestrichen, seine Hand jedoch weitergleiten lassen, bis sie liebevoll Lauras Hand für einen kurzen Moment umfasste, ehe sie sie entschieden losließ.

"Ja", wiederholte Nathaniel "ich denke, wir wissen beide, dass das nun das *Fynnale* ist" fügte er hinzu, strich Laura noch einmal über ihre rechte Wange, über ihr Grübchen neben dem rechten Mundwinkel, ehe er wortlos ging.

"Du,", dachte Laura, Nathaniel nachblickend, "bist der Mond, der über mir schwebt, mich anlächelt und dennoch nicht mehr mein Licht trägt. Ich bin dein Klavier, schicke Töne in den Himmel, in der Hoffnung, sie mögen dich jemals erreichen. Unendliche Töne sind es, die deinem Licht folgen. Unser Lied hat keinen Text. Dein Licht wiegt sich in meiner Melodie, meine Melodie umarmt dich. Wir verlieren kein Wort, denn alles ist gesagt und was nicht zu sagen ist, kleiden wir in die Farben des Nordlichts. Hörst du sie, die Mondmelodie?"

Aus den Lautsprechern im Café ertönte erneut jenes Lied, das Nathaniel zuvor schon einmal gehört und sofort lieben gelernt hatte. Eine zarte, weibliche Stimme war es. Ähnlich wie Lauras Stimme, und doch ganz anders. Die Stimme einer Frau, die Nathaniel nicht kannte, ähnlich wie Laura eigentlich, die er auch längst nicht mehr zu kennen schien. Zwei Stimmen im Leben des Nathaniel also, zwei Stimmen, die ihn stimmig überstimmten, die einstimmig zu ihm sprachen, in einer Stimme, in zwei Sprachen, in drei Dimensionen...

zwischenraum

Wie ist es möglich, dachte Nathaniel, dass Momente, Stunden, Tage, Nächte, Wochen und Monate sich derartig aneinanderschmiegen können, sodass kein Luftzug, geschweige denn kein Hauch an Ehrlichkeit mehr den Weg *zwischendurch* finden könne? *Ein Lattenzaun, kein Zwischenraum, hindurchzuschau´n,* Christian Morgensterns in Gedanken.

Scheinbar luftdicht wurde die Unwahrheit hier verpackt. Vakuum. Zermalmte Buchstaben, Sätze mit Bauchstich, geköpfte Texte. Texte mit Fuchsköpfen. Kopflose Geschichten, von Efeu umgarnt, als Tarnung. Efeu ist eine schöne Pflanze.

Giftig für Katzen, schön anzusehen für Menschen, arrogant aber durchaus, auf seine eigene Art und Weise, charmant.

Laura, seine Laura war wortlos gegangen, und irgendwie hatte Nathaniel ihr diesen Schritt sogar noch verzeihen können, war doch anfangs *alles sehr schnell gegangen*. Nathaniel war sich auch irgendwie sicher, dass Laura ihn eines Tages aufsuchen und ein, beziehungsweise *das* Gespräch mit ihm suchen würde. Er wollte Laura die Zeit geben. Was Anderes blieb ihm schließlich auch übrig? Natürlich wusste er nicht, um welchen Zeitrahmen es sich tatsächlich handeln würde. Zeit aber, und dessen war er sich freilich bewusst, liebt es so gar nicht, in einen Rahmen, gar in ein *Mieder* gezwängt zu werden.

Was bedeute es also schließlich schon, jemanden um Zeit zu bitten? Gleich der Bitte, um ein Gespräch mit Gott. Ein Mieder zu tragen, bedeutet Luft anzuhalten, Luft anhalten ist Leben anhalten, Leben anhalten öffnet dem Tod gerne schon mal die Tür...

Laura hatte sich also die Zeit genommen und zudem die Freiheit, sich diese mit Fynn zu teilen. Nathaniel wollte erst gar nicht nachdenken und war zum Zeitpunkt, als er das Café verlassen hatte dazu auch wirklich nicht imstande. Zu benebelt war er vom Grappa, zu getroffen von den Worten Lauras. So nahm er Stiege für Stiege, eine nach der anderen, und es sollten schlussendlich vierundneunzig sein, und tatsächlich hatte Nathaniel, so, als müsse er überprüfen. im richtigen Stockwerk zu sein, ab dem ersten Stock mitgezählt. Einundzwanzig, zweiundzwanzig, dreiundzwanzig, ...

Schlechtes Gewissen machte sich in Nathaniel breit. Bloß....wem gegenüber eigentlich? Klar, da war auf jeden Mal Lana, der er seit Beginn des Tages nur wenig seiner Gegenwart und Aufmerksamkeit geschenkt hatte, aber da war auch Bernadette, die er eigentlich ungewollt verabschieden musste wobei diese ja wohl eher ihn, Nathaniel, wortlos verabschiedet hatte und da war dann auch noch Laura, die Nathaniel mehr oder weniger einfach so im Café hatte sitzen lassen. Immerhin, so dachte er, ließe er sie nicht *stehen,* wie Laura es mit ihm gemacht hatte.

Er kam endlich im vierten Stock an und stand vor seiner Türe. *Sommerhitzestiegenhausstille.* Von Stock zu Stock stieg die Temperatur spürbar und bei geschlossenen Gangfenstern ist es bei großer Hitze beinahe unmöglich, längere Zeit im Stiegenhaus zu verweilen. Nathaniel also vor der Türe. Lana dahinter. Doch, wo im Leben des Nathaniel standen Laura und...ja, auch an sie musste er denken, Bernadette?

Laura würde er wohl nicht mehr so schnell sehen, wie aber würde es um Bernadette stehen? Er musste an ihre das Schicksal betreffende Worte denken, als sie im Café gesessen hatten. Tatsächlich hatte er das Gefühl, Bernadette schon eine kleine Ewigkeit zu kennen, nach all dem Erlebten. Laura hatte sein Leben verlassen, dann war Bernadette in sein Leben getreten und kurze Zeit später nur war es umgekehrt. Bernadette war wortlos gegangen und Laura hatte wieder vor seiner Türe gestanden.

Wie gerne hätte Nathaniel mit Bernadette anstatt mit Laura

eben im Café gesessen, wie gerne hätte er Bernadette besser kennengelernt? Wie gerne hätte er von der Zukunft erfahren, denn von der Vergangenheit überfahren zu werden? Obwohl, wie er weiterdachte, hatte er dem Anschein nach ja noch nicht mal Laura wirklich gekannt. Alles hätte er verzeihen können, eine Lebenskrise, den Wunsch nach Freiheit oder auch die Erkenntnis, Nathaniel nicht mehr zu lieben, aber dass ausgerechnet einem anderen Mann, den Laura nicht mal liebe und der zudem noch sein Nachbar war, der Vorzug gegeben wurde, das konnte Nathaniel nun wirklich nicht verstehen und er weigerte sich auch, dies so einfach als gegeben hinzunehmen. Was aber sollte er machen? Nun, freilich kamen ihm ein paar Einfälle hinsichtlich der Gedanken an den Zweitschlüssel Fynns Wohnung, aber all diese hätten Fynn lediglich materiellen Schaden zufügen können und auf derartige Form von Rache war Nathaniel gar nicht aus, dies entsprach auch gar nicht seiner Art, war er doch generell niemals auf Rache aus.

Ob Fynn verliebt sei in Laura? Wenigstens! Bitte!!

Seit Februar also hatten Laura und Fynn bereits zusammen einen gemeinsamen Weg eingeschlagen, wie es schien. Auf den Tag genau drei Monate später aber erst erfolgte die Trennung. Genaugenommen also, wie Nathaniel nun errechnete, wären dann also von den ohnehin nur elf Monaten mit Laura noch einmal drei abzuziehen, womit also ganze acht Monate, acht ehrliche, gemeinsame Monate geblieben waren. Nathaniel dachte an seine Ausstellung und an die schlagartig geschrumpfte Zahl an Fotografien, die er nun "nur" noch durchzusehen hatte, was aber wiederum auch erheblich weniger zur Verfügung stehendes Fotomaterial bedeutete. Auf keinen Fall wollte er noch irgendwelche Fotografien, die nach dem Valentinstag entstanden waren, in seine Ausstellung aufnehmen, und wenn er es sich genau überlegte, so wollte er eigentlich überhaupt gar keine Bilder mehr aus der Zeit mit Laura ausstellen, denn würde er Bilder Lauras ausstellen, so würde er, ohne sich selbst etwas unterstellen zu wollen, sich doch nur verstellen und sich schließlich selbst bloßstellen, indem er die gegebenen Tatsachen einfach so hinstellen würde wie eine Vase auf einen Tisch, dabei sollte er sich doch darüber stellen und die leeren Stellen an seiner Herzenswand vorerst mal im Herzenskeller abstellen und warten, bis das Glück sich wieder dazwischen stelle und er sich vorstellen könne, wieder auszustellen, anstatt sich gedanklich an die Wand zu stellen...

konfetti

Entschlossen dazu, öffnete Nathaniel erleichtert die Türe zu seiner Wohnung und auf einmal, ja, genau in jenem Moment, in dem er die unverschlossene Türe öffnete, hinter sich ins Schloß fallen ließ und zweimal verschloss, hatte er endlich das Gefühl, frei zu sein. Frei von Gedanken an Laura. Eingesperrt hatte er sich und zugleich Laura ausgesperrt. Kein Kontakt mehr zur Innenwelt für Laura wie auch für Nathaniel zur

Außenwelt. Kein Denken mehr, keine Wehmut und vor allem kein Warten. Eine verschlossene Türe, keine Ziegelmauer, nein, und doch gleich derselben, besitzt man den Schlüssel nicht. Einen Schlüssel zu einer Türe zu besitzen, gibt freilich schnell einmal das Gefühl der Freiheit, aber auch der Sicherheit. Will man sich der Möglichkeit, jederzeit den Raum durch diese Türe verlassen zu können gewiss sein, so mag dieser Besitz durchaus Trost und Gewissheit verleihen. Was aber, wenn man sich erst bei verschlossener Türe sicher fühlt, nichts und niemandem Eintritt gewähren will? Was, wenn der Schlüssel, den man in der Hand hält, also nicht Freiheit schenkt, sondern selbige vielmehr einschränkt? Ist es nicht nur Ansichtssache, ob man vor oder hinter einer Türe steht?

Dieses Gespräch mit Laura jedenfalls war Goldes wert gewesen, wie Nathaniel nun erst erkannte. Es bedurfte keiner Ausstellung, um über Laura hinwegzukommen. Keine Bilder aus gemeinsamer Zeit, kein Sich-Erinnern, kein Suchen nach Fehlern und keine Fragen nach einem Warum. All das, alle diese Steine im Rucksack des Nathaniel hatten sich schlagartig in Konfetti verwandelt. *Nordlichbunte Konfetti* anstatt grauer Steine, buntes Leben anstatt grauer Trauer!

Lana lief Nathaniel schnurrend entgegen. Sie freute sich so sehr, endlich ihr Herrchen, ja, tatsächlich war ihr gedanklich dieses Wort *rausgerutscht*, zu sehen. Einfach von ihm auf den Arm genommen und gekrault zu werden. Nathaniel nahm seine geliebte Lana also auf den Arm, gab ihr einen Kuss auf das Hinterköpfchen und ließ sich mit ihr auf den großen Sofasessel fallen. Lana genoss es, wie Nathaniel ihrem Rücken eine *Laura-Massage* verabreichte. Kreisförmige Bewegungen mit den Fingernägeln konnte auch Nathaniel mit viel Übung zustande bringen und tatsächlich hatte er sich gar nicht so schlechtgemacht, so als Laura-Ersatz.

Lana schloss ihre Augen genüsslich und ertappte sich dabei, an Lune zu denken. Ja, tatsächlich hatte der graue Wolf das *Rotkäppchen* liebgewonnen und nun auch - ja, so war es nun mal - vermisst. Lune hatte ihr gezeigt, dass das Leben nicht immer grau wie Lana sei muss, sondern, dass es durchaus alle knallbunten Farben in sich trägt, dass es ein Leben außerhalb der gewohnten vier Wände gibt, ja, dass es überhaupt auch ein Leben ohne Wände geben kann, wie eben auf dem Dach. Lune hatte Lana ihre großen Augen geöffnet, hatte sie das Gefühl erleben lassen, wenn über einem nichts mehr ist, als der Himmel, keine Zimmerdecke, kein Dachboden. Sie hatte Lana gezeigt, wie es sich anfühlt, wenn der Wind durchs Fell bläst und wenn ein Schmetterling auf der eigenen Nase landet. Durch die rote Lune hatte die graue Lana zum ersten Mal auch ein Schläfchen unter freiem Himmel genossen und Lune war es schließlich auch, durch die Lana dieses einzigartige und überaus witzige Bild - Nathaniel, hilflos auf diesem Lichthofbalkon stehend - zu sehen bekam. Lana hielt ja ohnehin nie allzu viel von Nathaniel als Angestellten. Freilich, er war ganz okay, *so als Mensch und so*, aber solch peinliche Momente wie heute erst wieder konnten nun eben mal nur einem Menschen passieren, dessen war sie sich absolut sicher. Lune hatte also zweifelsohne Farben in Lanas Leben gebracht, hatte sie mit Konfetti nahezu überschüttet, was Lana sich ausnahmsweise auch gefallen ließ, hasst sie doch sonst eher schon diese Unzahl an bunten *Lebenstupfen* in ihrem Fell. Nathaniel aber hatte ihr unlängst erst eine richtig peinliche *Sommerfrisur* verpasst, zum Genieren mal wieder, keine Frage, zumindest aber bleiben sie nun nicht mehr so sehr im Fell hängen, die Konfettis. Lana liebte dieses Dach, das Gefühl der Freiheit, der kleinen Unendlichkeit über ihren Katzenohren, das sie freilich jedoch nie tauschen würde gegen ihre Wohnung. Ein kleiner Dachurlaub aber ab und an - warum nicht? Irgendwann möchte man dann aber schon auch wieder zurück ins gemütliche Heim, das man sich immerhin nicht umsonst hatte einrichten lassen, mit eigenem Kühlschrank, Sofa, Zweimalzweimeter-Bett und so. Der Ausbau des Dachbodens hingegen wäre als Dachkammer fürs Personal durchaus in Erwägung zu ziehen.

Nathaniels Angst, Lana könne neben frischer Luft auch die Sehnsucht nach Freiheit atmen, war also unbegründet gewesen und er dachte nun auch tatsächlich über eine gemütliche, kleine Katzenfleecedecke nach, die er Lana gelegentlich auf das Dach legen wollen würde, hatte er selbst ebenda wieder einmal eine *Verabredung* mit Musik, Kerzen und Wein im Mondschein.

lune rouge

Wie lange beide wohl geschlafen haben mochten? Jedenfalls hatten Lana die Gedanken an knallrote Konfetti doch tatsächlich ins Land der unbegrenzten Träume *katzapultiert* und kurz darauf war auch Nathaniel gefolgt. Und beide hatten sie vom Platz auf dem Dach geträumt, Lana verweigerte jedoch entschieden, einer Fleecedecke Einlass in ihren Traum zu gewähren.

Irgendwann erwachte unser Nathaniel, geweckt von Schmerzen im Rücken und im Genick. Lana schien dies jedoch wenig bis gar nicht zu kümmern, denn sie träumte unbeschwert weiter fleißig vor sich hin. Liebevoll legte Nathaniel seine Lana auf die Couch im Eck, strich ihr über die Pfoten und küsste ihr dunkelgraues Näschen.

Wie spät mochte es eigentlich nun sein? Nathaniel blickte zunächst aus dem Fenster und erschrak tatsächlich über den mittlerweile herangetretenen Abendhimmel, der *Mutter Nacht* schon den Weg mit leuchtenden Sternen ausgelegt hatte. Nathaniel dachte unweigerlich an eine Landebahn in der Nacht, an einen von Lichtern gesäumten Steg in die Unendlichkeit.

Der Blick auf die Armbanduhr zeigte 21:06. Tatsächlich hatten Nathaniel und Lana also über mehrere Stunden geschlafen. Lune, Lana, Ecke, Bernadette, Laura, ja, Laura, und dann noch Fynn, gespickt mit Aperol und Grappa. Ein Programm, für das Nathaniel gewöhnlich etwa sieben bis neun Monate, jedoch mit Sicherheit nicht nur sieben bis neun Stunden (!) veranschlagen würde. Kein Wunder also, das es hierfür erstmal ein paar Stündchen zur geistigen Verarbeitung brauche. 21:06 also. Nathaniel blickte wehmütig auf die über seinem Schreibtisch in dunklem Holz eingerahmte Schallplatte Georg Danzers, „Honigmond". Süß wie Honig war sie ja, die kleine Lune, dieser kleine Blutmond, und Lana dürfte nicht anders denken...inzwischen, wie Nathaniel grinsend dachte. Mondsüchtig waren sie beide, Lana und er, und Lana schien den Begriff nun auch noch etwas ausgeweitet zu haben, wie er zufrieden dachte. Unweigerlich dachte Nathaniel bei "Honigmond" natürlich auch an den Honigwhsiky bei Mond mit Laura. Und auch dachte er ein weiteres Mal an Bernadette, an ihre wunderschönen Augen, an ihren Hals, der mit einer dezenten Kette geschmückt war. An ihrer Kette hatte ein kleiner Anhänger gehangen, die genaue Bedeutung jedoch hatte Nathaniel nicht erkennen können. Nun, auf jeden Fall, dessen war er sich sicher, würde Bernadette dem   Anhänger schon eine bedeutende Symbolik beimessen, denn keineswegs war sie der klassische, Nathaniel stets verhasste *Modeschmuck-Typ* gewesen, keinesfalls also würde Bernadette Schmuck alleine aus dem banalen Grund tragen, davon *geschmückt* zu werden, wie viele Menschen, wie er weiter dachte, es nun mal nötig hätten und scheinbar mit eben allen (geschmacklosen) Mitteln versuchten, durch *modische Christbaumkugeln* von ihrer Person, ihrem Wesen, ihrer Gestalt abzulenken. Nein, Bernadette war mit Sicherheit alles andere, als ein solcher *Modechristbaum* gewesen. Besonders hatte Nathaniel Gefallen an ihren Haaren gefunden, denn sie waren sehr lang, leicht gelockt und vor allem sehr gepflegt. Zudem waren sie von Bernadette nicht zusammengebunden, sondern wurden offen und also sehr fotogen, wie er fand, getragen. Das dezente Kleid in Blautönen, das sie getragen hatte, untermalte ihre hellen Augen und gab Bernadette "den letzten Schliff". Nathaniel erschrak ein wenig über diese Formulierung, denn es hatte beinahe so geklungen, als hätte er von einer Skulptur oder einem Foto gesprochen, von ETWAS jedenfalls eher als von JEMANDEM.

Obwohl..., fotografiert hätte er Bernadette tatsächlich sehr gerne und diesen Gedanken hatte er auch schon in den ersten Minuten im Café, als er sie also gerade kennengelernt hatte. Doch hatte er sie freilich mit *privaten Augen* und nicht mit den Augen eines Fotografen gesehen, was aber natürlich schließlich und endlich für ihn nicht zu trennen möglich sei, wie er dachte, hatte er sich anfangs auch tatsächlich redlich darum bemüht. Die liebliche Französin Bernadette hatte neben ihrem schönen Namen auch noch ein sehr zartes, ausgesprochen hübsches und unverkennbares, förmlich nach Portraitaufnahmen *still schreiendes* Gesicht, wie Nathaniel sofort erkannt hatte. Mandelförmige Augen, einen sinnlichen Mund und ein paar Sommersprossen, die sich zudem auf ihrer zierlichen Nase herumtummelten. Die wunderschönen langen Haare bildeten den perfekten *natürlichen Rahmen* um Bernadettes liebliches Gesicht, das Nathaniel unweigerlich an eine weibliche Porzellanfigur denken ließ.

Ganz deutlich sah er bereits schwarzgerahmte Bilder Bernadettes an weißen Galeriewänden hängen. Bilder, ausschließlich in Schwarz-Weiß, dazwischen vielleicht Aufnahmen von Lune, in Farbe. In knallroter Farbe. Das wäre es! Nein, das wäre nicht nur, sondern WAR überhaupt die Idee für seine Ausstellung!! Portraitaufnahmen von Bernadette, *garniert* mit den Worten und Bildern Lunes und den Klängen französischer Chansons etwa. Was Bernadette wohl dazu sagen würde?

Keine großartige Kulisse dürfe es sein, wie Nathaniel weiterdachte, nichts, das ablenke von den Bildern. Alltagsszenen. Bernadette in ihrem Zimmer etwa, am Tisch sitzend, Zeitung lesend oder eine Zigarette rauchend. Bernadette im Kabinett, in ihrem *halben Zimmer.* Halbes Zimmer, halber Schatten. Wie in einem französischen Film, in dem man gerne schon mal eine viertel Stunde auf den nächsten Satz im Dialog warten muss. Entschleunigung. Stille. Leben. Entschleunigtes, stilles und stilvollen Dasein. Weiches Licht, weiche Zeichnungen, Bildern, denen die Hektik weiche. Bernadette auf dem Bett liegend, ins Tagebuch schreibend, Halbprofil, verspielte Muster, offene Haare. Offenes Ende. Nichtsahnend provozierend. Nathaniel dachte an viele Momente mit Laura, in denen sie alles andere als fotogen zu sein glaubte, dennoch aber, beziehungsweise genau deswegen aber dies sehr wohl war. Momente waren es etwa gewesen, in denen Laura willkürlich ihre Haare zusammengebunden hatte, einfach, um etwa eine Nachricht ungestört lesen zu können oder ihr Gesicht zu waschen. Momente, in denen sie damit beschäftigt war, bloß eine Kerze anzuzünden. Diese Blöße jedoch, dieser unverhüllte, so sehr intime, ja, dieser *nackte und also heilige* Moment war es aber schlussendlich gewesen, der Nathaniel so oft spontan zu seiner sich stets in Reichweite befindlichen Kamera greifen ließ, um ihn, den Moment, in Atmosphäre zu kleiden. Laura war, wenn man es so sagen will, stets Nathaniels "privates" Modell, hatte so oft vor seiner Kamera gestanden, niemals aber mit dem Ziel, sich eines Tages nicht mehr nur Nathaniels Augen, sondern auch derer unzähliger Ausstellungsbesucher zu schenken.

All diese Aufnahmen hatte Nathaniel stets nur für sie, seine geliebte Laura und für sich, den von Laura geliebten, gemacht. Aufnahmen, Momente, Stimmungen, Erinnerungen eben "aufnehmen" und nicht mehr hergeben. Im Leben wie in sein Herz aufgenommen hatte er sie, festentschlossen, sie für immer zu behalten.

Bernadette aber, so dachte Nathaniel, würde er so gerne "aufnehmen" um sie der der Welt zu zeigen. In ihr sah er sofort sein "offizielles" Model, seine Muse, das ihn inspirierte, ihm zeigte, dass auch in einer Schwarz-Weiß-Aufnahme deutlich Farben zu erkennen sind, lässt man es nur zu. Konfetti im Leben, im Herzen, in den Haaren....

Bernadette also, am Fenster stehend und auf den Fluss schauend. Rauchend, nachdenkend in weichem, grauem

Licht...Fragen stellend, Antworten verschweigend. Worüber sie nachdenken würde? Nun, dies würde von einer "allwissenden Erzählerin" namens Lune Rouge erzählt durch kurze, die Bilder ergänzende Texte. Ein Tag im Leben der Bernadette, wiedergegeben in Bildern von Nathaniel und Worten von Lune. Frei erfunden und dadurch gefunden von der Freiheit. Alle Bilder in Schwarz-Weiß bis auf eben jene der Lune. Die Schönheit des Menschen, die Stille des Alltags, der Moment der stillen Schönheit eines alltäglichen Menschen, der eben dadurch alles andere als alltäglich ist und schwarze und graue und weiße Skizzen in satte, leuchtende Ölgemälde verwandelt. Schwarz-Weiß-Bilder, die als Farbaufnahmen in den Köpfen der Besucher weiterleben. Wie oft hatte Nathaniel schon einen wirklich spannenden Schwarz-Weiß-Film gesehen, von dem er heute noch schwören könnte, diesen in Farbe gesehen zu haben! Je weniger das menschliche Auge vom Wesentlichen ablenkt, und Nathaniel zählt Farben durchaus dazu, desto mehr *Freiheit* hat es, desto mehr kann schließlich *entstehen*. Je weniger Farbe, desto bunter. Je toter, desto lebendiger...Je Laura, desto Nathaniel.

salzwasserluft

Nathaniel schnappte kurzentschlossen liebevoll seine schlafende Lana, wickelte sie in eine grüne Fleecedecke mit darauf abgebildeten Zwergen und Pilzen ein, schritt zum Kühlschrank, bat eine Flasche Weißweins zum Geleit, forderte eine halbabgebrannte Kerze zum Mond-Kerzen-Schein-Tanze auf dem Dach auf, reichte einem Lautsprecher seine Hand und ließ schließlich ein Weinglas in seine Westentasche und die Wohnungstüre sanft ins Schloss fallen.

Dieser Tag und all seine *Stimmungskinder* durften nicht *ungefeiert* zu Bette gehen. Eine Kerze für all die heute verstorbenen, ein Glas Wein auf all die heute das Licht der Welt erblickt habenden Gedanken.

Der Träger des Bethlehemslichts, wie Nathaniel dachte, sieht, geblendet vom Schein der Kerze, am wenigsten den Weg vor seinen Füßen. Wer ihm aber folgt, der wird den Weg nicht verlieren. Nathaniel war Lauras Licht, leuchtete ihr den Weg aus, wie Nathaniel sich an das Gespräch im Café mit Laura erinnerte. Tatsächlich aber, wie er überlegte, hielt nun Laura die Kerze, das Licht also in Händen und jetzt erst konnte Nathaniel den Boden, gleich seinen Ausstellungsbesuchern, wie er dachte, vage unter seinen Füßen erkennen. Dunkle Räume und schwer auszumachende Wege hindurch. Jedoch, mit etwas Konzentration auf das Wesentliche ist es wirklich zu schaffen. Kühl ist es und nordischer Nebel legt sich sanft auf die Schultern. Und dann ist da diese Musik. Musik für alle und alles. Musik, vom Nebel geboren, vom Hall genährt, von Schwerelosigkeit ins Leben entlassen.

Lanas Stimme hallte über die Dächer und legte sich sanft auf Nathaniels Gemüt. Dieser blickte, wie so oft, über die Lichter der Stadt, jedoch, wie sehr selten, frei aller Gedanken.

"Tomorrow never came"...

Nathaniel hatte seine linke Hand liebevoll auf seine Lana gelegt, nahm einen Schluck vom kühlen Weißwein, sah in den Himmel, in den scheinbar endlosen Himmel, der nur schwer sein Versprechen, sich einmal wieder dem Tag zu ergeben, einhalten zu wollen schien. Nathaniel aber glaubte sehr wohl an ein Morgen, so sehr er auch das nächtliche Jetzt liebte. Leise, ganz leise waren die Stimmen vom Café unten am Eck zu vernehmen, und da war sie auch wieder, die Klaviermusik, sodass Nathaniel beruhigt seine Augen schließen, und den Moment leben konnte. Leben ist es, das uns sauren Wein süß schmecken und farblose Bilder in Farbenpracht erscheinen lässt. Es gibt uns Salzwasserluft im Süßwassersee, zeigt uns funkelnde Sterne am helllichten Tag, schenkt uns, was wir, versuchten wir es auch tausende Male, zu stehlen nie imstande wären: Phantasie und die Erkenntnis, dass diese zur Realität werden können, wenn wir es nur wollen.

Und manchmal, so wird erzählt, passiert es, dass Sommernachtdachterrassenzigarettennebel sich erhebt und Sommernachtdachweinverehrer umarmt. So war es geschehen auch in jenem Moment, als Nathaniel seinen Blick zur Dachterrasse wandte, in leisen Tönen die Klänge des ihm bereits bekannten französischen Lieds zu erkennen waren, ein leises, knallrotes Miauen zu vernehmen war und dazu ein liebfreches "Gute Nacht!"

unbefristet

Sehr geehrte Frau Laura Zacharias,

ich freue mich, Ihnen mit diesem Schreiben einen unbefristeten Mietvertrag für ihre Herzenswohnung in meinem Herzenshaus zusichern zu können. Ihr bisher befristeter Vertrag wird nun, nach bestandener Probezeit mit Datum dieses Schreibens automatisch in einen unbefristeten Vertrag umgewandelt, ohne weiteres Zutun Ihrerseits. Sollten Sie damit nicht einverstanden sein, so bitte ich Sie höflich, nach Beendigung des befristeten Mietvertrages die Wohnung ordnungsgemäß zu hinterlassen, sämtliche Wände auszuweißen und den Keller zu räumen.

Bei bestehendem Interesse jedoch heiße ich Sie - im wahrsten Sinne des Wortes - herzlich willkommen und darf mit noch den Hinweis gestatten, dass im Hause leider weder Haustiere noch überdimensionale, beleuchtete Spiegel gestattet sind.

Mit herzlichen Grüßen,

Nathaniel

Laura hatte den Brief, sichtlich erfreut, gelesen und zur Kenntnis genommen. Eine unbefristete Wohnung im Herzenshaus Nathaniels war ihr also zugesichert worden. Was immer auch geschehen war oder auch geschehen würde. Sie wusste, was dies zu bedeuten hatte, denn das Herzenshaus trägt freilich einige Wohnungen unter seinem Dach, dennoch aber ist Anzahl derer begrenzt, plane man nicht gerade, den Dachboden auszubauen oder gar das Haus aufzustocken, was für Hausherrn Nathaniel jedoch beides nie in Frage käme, weswegen tatsächlich nur eine begrenzte Anzahl an Wohnungen zu Verfügung stehe. Und die meisten sind bereits vergeben...

Da ist im ersten Stock beispielsweise die alte Frau, die sonntags stets die neue Woche willkommen heißt, indem sie eine Lebenskerze vor die Wohnung stellt und deren Türe stets für die Nachbarn offensteht. Um ein Glas Milch oder Rum kann man wirklich zu jeder Zeit bei der alten Frau läuten, denn sie freut sich schon auch über Ansprache, hat doch der Enkel Nathaniel nicht immer Zeit. Gleich in der Wohnung nebenan lebt ein junger Mann, der eigentlich im besten Alter wäre um zu leben, der es aber eher vorzieht sich zu verziehen, um endlich in seiner Wohnung über sein Leben nachzudenken. Manchmal erklingen Gitarrenklänge aus der Wohnung, selten Gesang und hie und wieder kann es vorkommen, als würde er in der Wohnung ein Drama über zwei gewisse Damen namens Hilde und Viktoria einstudieren. Im zweiten Stock lebt ein Ehepaar, lieb, süß und immer freundlich. Irgendwie, über fünf Ecken, dürften sie auch mit dem Hausherrn verwandt sein. Cousine der Oma oder so, wie es heißt. Sie liebt es, zu kochen und bedankt sich jeden Abend bei der „Wetterdame" im Fernsehen, nachdem sie den Zusehern einen schönen Abend gewünscht hatte. Zusammen lebt sie dort mit ihrem geselligen Mann. Er liebt es, Akkordeon zu spielen und hält immer eine Sammlung an Witzen zum spontanen Erzählen parat. *Trinkt* er wieder einmal zu viel, so steigt er, verantwortungsvoll schon auch mal auf einen halben Liter *Teufelswasser*, landläufig auch bekannt als Soda-Zitrone, um. Im vierten und letzten Stock des Hauses gibt es eine Art Wohngemeinschaft, direkt über Lauras Wohnung gelegen. Wer dort wirklich lebt, ist niemandem so richtig klar. Hauptmieter der unbefristeten Wohnung ist jedenfalls, stets auch zugegen, der beste Freund des Hausherrn. Die Wohnung, immerhin die größte im Herzenshaus, wird zimmerweise immer wieder an diese und jene Personen vermietet. Alle Mieter sind dem Hausherrn freilich persönlich bekannt und wichtig, worauf dieser größten Wert legt, aber größtenteils handelt es sich um befristete Untermietverträge. Eine eigene Wohnung im Herzenshaus, noch dazu eine der größten, besitzt eine graue, wuschelige Katze, die mit ihren wachsamen, übergroßen Augen für Recht und Ordnung im Hause sorgt. Besonders das Einhalten des Haustierverbots, von dem sie als einzige ausgenommen ist, liegt ihr hierbei besonders am Katzenherzen. Man ist, so wird erzählt, gut beraten, es strikt einzuhalten!

Einige Wohnungen stehen noch oder wieder leer, werden renoviert oder sauber gehalten und werden eben für den Moment nur befristet vermietet. Unbefristete Wohnungen sind tatsächlich rar und umso mehr weiß Laura es zu schätzen, einen solchen Vertrag erhalten zu haben.

Mit anderen Augen, mit anderer Haltung und Gedanken geht man durch ein solches Haus, ist man sich eines unbefristeten Vertrags nun sicher, hat man ihn, im wahrsten Sinne, in der Hand. Nicht anders hatte es Laura nach Erhalt des Briefes getan. Sie hatte den Brief gleich im Stiegenhaus vor dem Briefkasten gelesen, hatte für einen Moment ihre Augen geschlossen und hätte schwören können, für einen kurzen Augenblick das Nordlicht hören zu können.

Dem Brief war ein sogenannter Flyer, (wie sie dieses Wort im Gegensatz zum veralteten, sie unweigerlich an Martin Luther erinnernden Begriff *Flugblatt*) liebte, beigelegt worden.

Im Herzenshaus, wie der Hausherr aufmerksam gemacht hatte, befände sich neuerdings im alten Dachboden, der lediglich ausgemalt wurde, *ohne jedoch an Charme, geschweige denn an alten Dachziegeln verloren zu haben,* nun eine Galerie, in der aktuell seine Fotoausstellung zu besichtigen sei. Hausbewohner würden sehr herzlich willkommen sein, der Eröffnung am heutigen Tage beizuwohnen.

Laura steckte also den Brief in ihre Tasche und beschloss spontan, die Ausstellung zu besichtigen, schließlich habe man als *unbefristete Mieterin* zum einen Interesse zu zeigen, zum anderen sei es doch sowieso immer interessant, was sich über seinem eigenen Kopf abspiele...

Zimmer, Küche, Bernadette

Den Boden vor Füßen konnte Laura kaum wahrnehmen, denn Licht gab es immer gerade zu wenig aber dennoch ausreichend, um sich nicht beschweren zu dürfen. Und kalt war es. Nordisch kalt irgendwie, zudem roch es irgendwie nach Weihrauch. Nathaniel eben!

Laura betrat den ersten Raum des Dachbodens, der mit hochgezogenen hölzernen Trennwänden in mehrere Räume unterteilt war. Ein kleiner Raum war es, der die Ausstellung mit dem Titel "Zimmer, Küche, Bernadette" eröffnete und eigentlich hätten viel mehr Bilder an den Wänden Platz finden können, wie sie dachte. Bilder waren in Übergröße, aber nicht aufdringlich, wie Laura ehrlich empfand, angebracht worden. In Schwarz-Weiß prangte vor ihr eine bescheidene, hübsche Frau auf einem Thronsessel sitzend. Ihre zarten Hände fanden auf den Tasten einer alten Schreibmaschine Boden unter den Fingern, schienen sanft darauf zu gleiten, ja, erweckten den Eindruck, tatsächlich zu sprechen. Im Hintergrund war ein Ausschnitt eines Fensters zu erkennen, die Scheiben dessen waren beschlagen vom Regen, der das Wort erheben zu wollen schien.

Laura blickte auf das eingespannte Blatt Papier in der Schreibmaschine und das darauf zu lesende Gedicht:

144

Ein Licht umgibt
mich, hier auf Erden.
Will ein Freund werden,
mir, der es liebt.

Strahlt doch so weit,
obschon so fern.
Ein glühend´ Stern,
in meiner Zeit.

Wärmt mein Gemüt,
tief in mir drin.
Schenkt Leben Sinn,
ist stets bemüht.

Herzt wortlos mich,
will keinen Dank.
Im Kelch sein Trank,
glüht ewiglich.

Liebt jeden Tag,
der wach es küsst,
aufs Neue grüßt,
was ich so mag.

Der Sonne Sein
ist mein Begehr,

sonst ich nicht wär´,
Lebt´ ganz allein.

Das Ebenbild
der Sonne bist Du.
Du trägst ihren Schuh,
küsst liebvoll mild.

Laura wandelte förmlich durch die Ausstellungsräume, und blickte wieder und wieder in die Augen der Bernadette. Rote, Lauras Augen beinahe schmerzende *Unterbrechungen* holten sie immer wieder "zurück" auf den Dachboden der Realität. Untermalt wurde die Ausstellung von sanften Klängen und Worten in französischer Sprache des Musikers Saez. Laura trat heran, um "Lune Rouges" Begleittexte zu lesen. In verspielt-lyrischer Form wurde hier erzählt vom Leben der sogenannten *Bernadette*. Nathaniels Katze Lana hatte Laura unschwer sofort erkannt. Aber, dass sie da so mit einem roten Kätzchen posierte, das hätte sie dann doch nie angenommen.
Lana, Lana....tztztz! Auf einem Dach schlafend, ein rotes Kätzchen liebevoll umklammernd. Ob das wirklich Lana sei? Doch, doch, es würde wohl schon so sein, nein, es WAR tatsächlich so, denn diese Augen hatte auf Gottes Erden einzig und alleine Lana! Tatsächlich also sei hier Lana zu sehen, in Lebensgröße, in *Überlebensgröße*! wie Laura dachte und sie nahm sich vor, Nathaniel einfach danach zu fragen, wie es denn dazu kam, dass Lana....

Nathaniel aber würde vielleicht aber gar nicht mehr so einfach ansprechbar sein, also, *so als Künstler* und erstrecht nicht *privat.* Als Hausherr zumindest aber habe er aber doch stets erreichbar zu sein, wie Laura beruhigt dachte. Immerhin vereine er alle seine geliebten Herzen unter seinem Lebensdach, sei Eigentümer all jener Wohnungen in seinem Herzenshaus... wenn er auch seit jeher etwas eigentümlich sei...! Eigentümlich, aber herzlich. Das auf jeden Fall!

Nathaniels Ausstellung war so ganz anders, als gedacht, so *ehrlich* irgendwie, wenn Laura sich auch nicht selbst genau erklären konnte, wie sie dies meinte. Auf jeden Fall aber, und darüber hätte sie einen Aufsatz schreiben können, war es wirklich etwas zu kalt in den Räumen, wie sie dachte. Ob sie wohl auch eines Tages in diesen Räumen würde ausstellen dürfen? Eine Menge gerahmter Bilder aus der gemeinsamen Zeit mit Nathaniel hatte dieser ihr immerhin zukommen lassen, gespickt mit der Visitenkarte eines Galeristen namens Eckehardt Kant.
Ob die momentane Ausstellung in diesen Räumen gar eine Dauerausstellung wäre...?

mondmelodie

Der letzte kleinste Raum der Ausstellung trug nur ein einziges Bild an seiner hölzernen Wand. Es war zudem das einzige Bild, das zum einen nicht in einem schwarzen Rahmen, sondern scheinbar in *nordlichtbunten* Farben getaucht worden war und das weder Bernadette, Lune noch Lana darstellte. Nein, es zeigte einen Sternenhimmel und am unteren Rande waren unscharf aber dennoch noch deutlich Dächer einer Stadt wahrzumachen. Dächer und Dachfenster, in denen ganz klar das Spiegelbild des Mondes zu sehen war wie es auch auf den Schultern zweier Gestalten, deren Umrisse lediglich zu erahnen war, ruhte. Der Mond aber, blickte man in die Mitte des Bildes, war gar nicht zu sehen, denn er war aus dem Bild herausgeschnitten worden und an seiner statt prangte eine leuchtende *Badezimmerspiegelglühbirne* heraus. Neben der Wand war ein handgeschöpftes Bild mit einem Reisnagel an die Wand befestigt worden. Darauf aufgeklebt war der ausgeschnittene Mond und darunter, mit Tinte geschrieben, folgende Worte zu lesen:

Mondmelodie

Ich frage dich nicht nach dem Mond,
wo er lebt, wo er klebt,
ob er über dir schwebt,
ob in deinem Herzen er wohnt.

Ich frage dich nicht nach dem Licht,
wo es liegt wo es fliegt,
ob es über dich siegt,
ob tief in dein Herz es wohl kriecht.

Ich frage dich nicht nach der Nacht,
wo sie träumt, überschäumt,
ob deinen Weg sie säumt,
ob sie in deinem Leben lacht.

Und nicht frag ich nach uns´rem Glück,
nicht nach dir und nach mir.
Doch käm´ es jetzt und hier...
Gäb Mond und Licht der Nacht zurück.

nordlicht

Laura brauchte endlich *ihre* Zigarette, blickte sich um und sah, über einen losen Ziegelstein das kleine, ihr wohlbekannte Fenster zur Nacht, durch welches sie entschlossen hinaus auf das kleine, davorliegende ebene Dach kletterte. Sie blickte nachdenklich über die Dächer, versuchte, die Sterne zu zählen und sich daran zu erinnern, welchen sie und Nathaniel eines *Honigwhiskynachts* einmal als den *ihren* auserkoren hatten. War er links oder rechts des Orions zu sehen gewesen? Einfach wiederzufinden sollte er sein, ja, hatten sie sich damals geschworen, von jedem Ort gut zu sehen, gleich dem Mond etwa, den Liebende von verschiedenen Erdteilen im selben Moment erblicken können, um ihre sehnsüchtigen Blicke darauf zu vereinen. Der Stern aber, den Laura zu finden glaubte, hielt sich versteckt, als wolle er gar nicht gefunden werden. Ja, tatsächlich war er frech noch einmal aufgestanden, anstatt um diese Uhrzeit schon längst im Himmelbett liegen zu bleiben und hatte, einfach so, auf der Suche nach seinem zweiten *Sternenlichtsocken* den Weg zurück verloren und unweigerlich nicht mehr seinen richtigen Platz am Sternenhimmel gefunden. Wer aber würde es schon merken? Ob Laura und Nathaniel ihn zur selben Zeit noch finden können, ja, ob sie ihn überhaupt noch finden würden, mache schließlich nichts aus, denn wichtig sei doch nur die Tatsache, dass er, der *er*, kleine Stern beide würde sehen und nie aus den Augen verlieren. Nicht also die Blicke dieser beiden Menschen müssten, um vereint zu sein, versuchen, sich in einer anderen Welt wiederzufinden und also Gefahr laufen, sich in den Tiefen des Nachthimmels zu verlieren, nein, der Blick des Sterns auf die beiden hingegen sei es viel eher, der diese stets *unbefristet* vereine, der auf jeden Fall einem Bild der beiden einen Platz schenke in der *Dauerausstellung der gemeinsamen Herzensgalerie* und deren Bild, alleine ihnen zu Ehren die leuchtenden und sie beleuchtenden Farben geschenkt werde von farbenfrohen Licht des grauen Nordens.

******